KB271907

고백 보험을 해지합니다

고백 보험을 해지합니다

고수진

여섯번째봄

"공지훈, 아무래도 좋아하는 것 같아, 내가 널."
"참 오래 걸렸다. 계속 기다렸는데."

꺅!

나는 입을 가리고 숨을 삼켰다. 한 회도 빠짐없이 챙겨 본 연프에서, 내가 응원하는 지훈과 다은 커플이 서로의 마음을 확인하는 순간이다. 이 장면이 편집된 쇼츠를 몇 번이나 봤는지! 봐도 봐도 짜릿하다.

출연진이 나처럼 열일곱이라 그런가. 마치 내 이야기처럼 빠져들었다. 마지막으로 한 번만 더⋯⋯.

잠옷 차림으로 침대 위에 기대앉은 나는 점점 머나먼 안드로메다로 날아가고, 쇼츠 속 두 얼굴이 어느새 나와 현호의 얼굴로 바뀌어 있었다.

"도현호, 아무래도 내가 널 좋아하는 것 같아."
"오래도 걸렸다. 계속 기다렸는데."

이럴 수가! 상상이지만 너무 좋다. '학원 숙제도 해야 하는데……'라고 생각하면서도 영상을 돌려 본다. 딱 한 번만 더! 아니, 두 번 더?

이성과 본능이 타협 중이던 그 순간, 휴대폰 진동이 짧게 울렸다. 입술이 바짝 마르게 웃고 있다가 미간이 구겨졌다.

"지금 도파민 장난 아니었는데 분위기 깨는 사람 대체 누구신지."

"당근스타? 이번엔 누구야?"

그 이름이 떠올랐다.

"설마 도현호?"

나는 벌떡 몸을 일으켰다. 그러나 곧바로 고개를 저었다.

"그럴 리가. 그 자식이 고백할 리가 없지. 나랑 절교할 기세였는데."

지난달에 인하트 앱을 깔고 나서 고백 초대장을 열 번도 넘게 받았다. 그럴 때마다 '설마 도현호가?'와 같은 기대를 하며 인하트 앱을 열었다. 그러나 가상 세계에 꾸며진 고백 세트장에서 나를 기다리는 고백자 중에 도현호는 없었다. 학원에서 한두 번 스치듯 본 애가 쭈뼛쭈뼛 서 있었을 때는 당황스럽기까지 했다.

이상했다. '대체 날 언제 봤다고 다짜고짜 고백이야?'라는 의문이 들다가도, 그 애한테 살짝 마음이 기울기도 했으니까. 도현호는 나한테 관심도 없는데…….

'그냥 나 좋다는 애랑 확 사귈까?' 하고 날뛰는 마음을 붙잡는 것도 일이었다. 평정심을 되찾기까지 시간이 꽤 걸렸기 때문이다. 아무리 그래도 난 현호가 아니면 다 싫다. 연애하고 싶다고 해서 아무하고 대충 사귀고 싶지는 않다.

어쨌든 이번에도 확실하다. 도현호는 절대 고백자가 아닐 거다. 무엇보다 걔가 이렇게 유치한 닉네임을 쓸 리가 없다. 당근스타가 뭐야. 거기에 저 무미건조한 초대 문구는 또 어떻고? '잠깐 시간 좀 내줘.'라니. 누군지 몰라도 노력도 의지도 찾아볼 수 없다.

쇼츠 몇 개만 살펴봐도 '마음을 사로잡는 한 문장의 기술'

이라든가 '99% 무시당하는 초대장 문구, 절대 이렇게 쓰지 마세요.' 같은 팁이 수두룩하다. AI 챗톡에 한 번만 물어봐도 이보다 나은 문구를 쓸 수 있다.

"정성이 없어요, 정성이!"

나는 혀를 차며 침대 옆 협탁으로 손을 뻗었다. 아껴 두었던 마지막 마들렌을 집어 입안에 쏙 넣었다. 부드럽고 촉촉한 조각이 입술을 스치며 레몬 향과 고소한 버터 맛이 혀끝을 휘감았다.

당근스타한테 조금의 미련도 묻어나지 않은 터치로 인하트 앱을 닫았다.

"하리 언니가 오늘 뭘 새로 올린다고 했는데."

씹고 있던 마들렌 조각을 꿀꺽 삼키고, 하리 언니의 과학 브이로그 채널을 찾아 들어갔다. 예상대로 새로운 영상이 올라와 있었다. 내일 밤에 쏟아질 페르세우스 유성우에 관한 쇼츠였다. 짧은 영상이 끝나자 비슷한 쇼츠가 연이어 재생되었다. 그렇게 한 편, 또 한 편……

블랙홀에 빨려 들 듯 새로운 세계로, 아니, 정확히 말하면 새로운 쇼츠의 세계로 빠져들었다.

한여름 밤의 유성우

밤하늘에 별이 아득하게 빛났다.

나는 쌍안경을 들고 하늘을 올려다봤다. 평온하기만 한 별들이 제자리에서 저마다의 몫만큼 반짝이고 있었다. 곧 무슨 일이 벌어질지 전혀 모르겠다는 듯 천연덕스럽게 시치미 떼는 것처럼 보였다.

조금 있으면 머리 위로 페르세우스 유성우가 쏟아질 것이다. 그 순간을 관측하기 위해 천문 동아리 '스윙바이' 부원들이 학교 옥상에 모였다. 다들 돗자리를 깔고 앉아 고요한 밤이 더 깊어지길 기다렸다.

여름밤은 작게 떠드는 소리를 한데 모아 시끌시끌하게 만들었다. 누군가의 웃음소리를 신호탄으로 까르르, 웃음소리가 연달아 터졌다. 밤하늘 위에 펼쳐질 이벤트를 앞두고 분위기가 한껏 들썩였다.

나는 애들과 조금 떨어진 곳에 서 있었다. 유성우가 떨어지기 전에 조용히 찾아보고 싶은 게 있었다.

그때 누군가 내 어깨를 툭 건드렸다.

“남지!”

한여름 밤의 후텁지근한 공기를 훅 몰아내듯 청량한 목소리. 나를 남지온도, 지온도, 아닌 남지라고 부르는 단 한 사람. 보늬였다.

“말해.”

나는 쌍안경의 접안렌즈에서 눈을 떼지 않고 대답했다. 초점 휠을 천천히 돌리자 흰빛의 별 하나가 점차 또렷하게 눈에 들어왔다. 동쪽 지평선 너머로 막 떠오른 알레샤였다.

“나 배광휘랑 사귀기로 했다.”

그제야 쌍안경에서 눈을 떼고 보늬를 바라보았다.

“진짜? 언제부터? 어쩌다가?”

말하고 보니 이상했다. 새 남친이 생겼다는 친구를 너무 추궁했다. 그만큼 예상하지 못한 결정이었다. 보늬는 그런

날 이해한다는 듯 고개를 주억거렸다.

"어제 광휘가 고백 초대장을 보냈더라고."

"그래서 받아줬다고? 너 광휘 싫어⋯⋯."

혹시 저만치 떨어져 있는 광휘에게 들릴까 봐 황급히 목소리를 낮췄다.

"⋯⋯했잖아."

"싫어한 건 아니고."

보늬가 애매모호하게 대답하며 몸을 틀어 광휘 쪽으로 눈길을 던졌다. 광휘는 돗자리에 나란히 앉은 세준과 빈 물병을 던지며 장난을 치고 있었다. 그 와중에 보늬의 시선을 느꼈는지 이쪽으로 고개를 돌렸다. 눈이 마주친 두 사람은 쑥스러운 듯 고개를 숙이며 살짝 웃었다.

웩.

내가 토하는 시늉을 하자, 보늬가 내 옆구리를 찌르며 눈을 흘겼다.

두어 달 전, 보늬는 광휘의 세 번째 고백을 거절했다. 정식으로 고백했다가 차인 게 그 정도지, 보늬가 광휘의 마음을 모르는 척한 순간은 수도 없이 많았다. 세 번째 고백을 거절한 뒤 내 앞에서 하소연하던 보늬는 주먹을 꽉 쥐고 부르르 떨었다.

"배광휘, 한 번만 더 고백하면 스토커로 신고해 버릴 거야."

"야, 광휘가 나쁜 애도 아니고, 네가 좋아서 그런 건데 스토커는 무슨."

고백을 거절당한 것도 아니고 거절한 사람이 이렇게 열 내는 건 무슨 경우람. 광휘의 서글서글한 눈웃음이 떠올라서였을까. 보늬의 예민함이 피곤하게 느껴졌던 걸까. 나도 모르게 은근히 광휘 편을 들고 있었다.

그러고 나서 한동안 잠잠하길래 광휘가 마음을 접은 줄 알았는데, 앙큼하게 고백 보험에 가입했을 줄이야. 더구나 그게 제대로 먹혔다니.

"아참! 남지, 넌 알고 있었지?"

보늬가 갑자기 떠올랐는지 자기 손바닥을 짝, 마주쳤다.

"뭘?"

"도현호. 동아리 그만둔 거."

"뭐?"

비명에 가까운 소리가 입에서 튀어 나갔다.

"몰랐어? 광휘가 그러는데 도현호 작정했다더라. 성적 올려서 정원대 갈 거래. 거기 천문학과 입결 확 오른 거 알지? 그래서 동아리도 그만뒀나 봐. 공부한다고.”

“현호가?”

믿기지 않아 되물었다. 현호가 공부를 꽤 잘하긴 해도 성적 올리는 데 욕심이 있어 보이진 않았다. 집에서 그리 멀지 않은 학교에 가고 싶다고 했는데 갑자기 정원대라니.

“광휘랑 세준이는 알고 있었대. 나만 모르는 줄 알았는데 너도 몰랐어? 이건 좀 놀라운데.”

보늬가 내 눈치를 힐끔 보더니 덧붙였다.

“도현호 너무하네. 딴 사람은 몰라도 너는 알아야지.”

후줄근한 트레이닝복 바지 주머니에서 휴대폰을 꺼냈다.

유성우 관측 안 와? 무슨 일 있냐?

읽음

‘읽음’ 표시가 떠 있었다. 현호가 동아리를 그만둔 줄도 모르고 조금 전에 보낸 문자였다. 읽씹이라니. 어이가 없었다.

내가 누구 때문에 이 동아리에 들어왔는데! 같이 하면 재밌을 거라고 꾀어낸 사람이 누군데! 그런데 나한테 말도 없이 그만뒀다고?

안 그래도 요즘 현호는 날 차갑게 대했다. 오직 나한테만. 왜 그러는 건지 이유라도 알면 덜 답답할 텐데, 요리조리 날 피해 다녀서 왜 그러는지 물어볼 기회조차 없었다.

방학 전만 해도 이러지는 않았다. 내 표정이 조금만 어두 워도 대답할 때까지 문자 폭탄을 날리던 애였다.

유랑은 작은 베이커리 카페다. 유랑 이모, 그러니까 현호 의 엄마이자 우리 엄마의 절친이 운영하는 카페로, 현호와 내게 특별한 공간이다. 예전에는 학원을 마치고 유랑에 들르 면 현호를 무조건 볼 수 있었다. 카페 마감을 도우러 나와 있 기 때문이다. 하지만 요즘은 유랑에 가도 현호는 보이지 않 고 이모만 나를 반긴다.

"남지온, 김보늬! 거기서 뭐 해? 이리로 와."

스윙바이의 지도 교사인 마여준 선생님이 팔을 들어 하늘을 가리켰다. 선생님은 통합과학 담당인데, 올해 우리 학교에 부임하자마자 자원해서 스윙바이를 맡았다. 두꺼운 뿔테 안경을 쓴 얼굴엔 설렘 가득한 미소가 떠 있었다. 구겨짐 하나 없는 체크무늬 셔츠에 빈틈없는 성격이 묻어 나왔다.

고개를 뒤로 젖혀 올려다본 밤하늘엔 예측한 시각에 맞춰 무언가가 소나기처럼 쏟아지기 시작했다. 페르세우스 유성우였다.

보늬의 손에 이끌려 먼저 자리를 잡고 선 애들 사이를 파고들었다. 밤하늘을 밝히는 별이 점점 많아졌다.

"와!"

아이들의 입에서 환호성이 터져 나왔다.

"애들아, 유성 개수 먼저 세야지. 밝기도 체크하고! 관측 보고서 안 쓸 거야?"

선생님이 급히 다그쳤지만 아무도 귀담아듣지 않았다.

"하, 그래. 실컷 봐라, 봐."

선생님도 포기한 듯 헛웃음을 터트리고는 노트를 탁 덮었다. 동아리 활동 때마다 들고 다니는 천체 관측 노트다. 노트 안에는 선생님이 직접 관측한 기록이 빼곡히 담겨 있을 터였다. 양장 커버에 'M.Y.J ♡ K.M.J'라고 새겨진 글씨가 눈에 들어왔다.

뭐야, 은근히 사랑꾼이시네. 온 세상이 나만 빼고 핑크빛인 것 같았다. 쌉쓸한 마음으로 주위를 휘둘러보았다. 유난히 어두웠다. 현호가 그렇게 환한 아이였나. 평소 잘 웃지도 않는데, 어째서 잠깐 안 보인다고 마음 한편에 조명 하나가 꺼진 듯 어둠이 스며든 느낌일까. 핑크빛 세상 속에 나만 홀로 우중충한 회색빛이었다.

"뭐 해?"

보늬가 돗자리 위에 벌렁 누워서 내 팔을 잡아당겼다. 보늬 옆에 누워 유성우가 쏟아지는 장면을 눈 안에 담았다.

여기, 지구에서 보면 유성이 떨어지는 것처럼 보이지만 사실은 혜성이 남긴 먼지와 조각들, 즉 별똥이 머무는 궤도를 지구가 스쳐 지나가는 거다. 별똥들은 그 순간 짧게 반짝이다가 다시 어둠에 잠기고 만다.

도현호도 그렇게 나를 스쳐 지나가기만 한다. 내 마음은 별똥처럼 그 순간만 반짝일 뿐이다. 현호가 아스라이 멀어질수록 나는 빛을 잃고 남은 재가 되어 어둠 속에 흩어지는 기분이다.

마녀가 있었다

차창 밖으로 짙은 구름이 느릿하게 움직이고 있었다. 금방이라도 비가 쏟아질 것 같았다. 눅눅한 열기 탓인지 가로수의 이파리도 축 늘어진 것처럼 보였다.

엄마가 핸들을 오른쪽으로 돌리면서 조수석 쪽을 힐끗 보았다.

"개학 첫날부터 왜 그렇게 처져 있어?"

"개학 첫날이니까요."

반쯤 감긴 눈으로 간신히 대답했다.

"그런 줄 알면서도 늦잠을 주무셨어요?"

엄마의 잔소리가 이어졌지만 대꾸하지 않았다. 태워 달라고 부탁했을 때 이 정도 잔소리쯤은 예상했으니까.

신호등 색깔이 바뀌고 차가 건널목 앞에 멈춰 섰다. 목을 빼서 창밖을 보던 엄마가 내 쪽으로 턱을 까딱 움직여 가리켰다.

"쟤 현호 아니야?"

현호가 대충 걸친 하복 셔츠 자락을 펄럭이며 뛰어가고 있었다.

"웬일이래? 현호가 학교를 다 늦고. 얼른 불러 봐. 신호 바뀌기 전에."

엄마가 조수석 쪽 창문을 쭉 내렸다. 나는 몇 걸음 앞의 현호를 향해 냅다 소리를 질렀다.

"도현호!"

현호가 뛰던 속도를 줄이고는 고개를 돌렸다. 미용실 갈 때를 놓쳤는지, 길게 자란 앞머리가 바람결에 흩날렸다.

"타! 엄마가 태워 준대."

그러나 내 목소리가 닿기도 전에 현호의 말간 얼굴빛이 흐려졌다.

아, 그렇지. 까먹고 있었다. 요즘 현호가 이유도 없이 날 '쌩깐다'는 사실을.

“괜찮아요, 이모. 저 먼저 갈게요.”

현호는 내가 아닌 엄마를 향해 꾸벅 인사를 하고 아까보다 더 빠른 걸음으로 멀어졌다.

“쟤가 왜 저런다니? 무슨 일이라도⋯⋯.”

고개를 갸웃하던 엄마가 다짜고짜 내 등짝을 찰싹 때렸다.

“너 또 현호한테 숙제 시켰어? 요즘 바쁘다는데, 네 숙제는 네가 알아서 하라고 그랬지.”

“아파! 아니거든요. 누가 보면 엄마 아들인 줄!”

등이 화끈거려 안전벨트에 매인 상체를 마구 비틀었다. ‘내가 뭘 잘못했는지 나도 정말 알고 싶거든요.’라는 말이 목구멍까지 차올랐다.

엄마를 향한 섭섭함은 학교 앞에서 차 문을 세게 닫고 내리는 거로 대신 전했다.

“남지온, 그렇게 해서 부서지겠니?”

우중충한 날씨처럼 개학 첫날은 어수선하게 지나갔다.

수업을 마친 아이들이 교실 밖으로 쏟아져 나왔다. 나는 곧장 동아리실로 향했다. 현호에게 전화를 걸었지만 신호음만 지겹게 울렸다.

아침에 태워 준다는 걸 왜 거절했는지, 동아리는 진짜 관둔 건지, 내 전화는 언제까지 안 받을 건지. 따져 물을 게 한두 가지가 아니었다.

"아, 좀 받으라고. 왜 안 받는 거야?"

꽉 깨문 어금니 사이로 푸념뿐인 혼잣말이 흘러나왔다.

동아리실 문을 열었다. 문밖에서 작게 들리던 목소리가 뚝 끊겼다. 부원들이 책상에 둘러앉아서 커다래진 눈으로 나를 쳐다보았다. 그 분위기가 묘하게 서늘했다.

"뭐야? 귀신이라도 본 것 같은 그 표정들은?"

먼저 와 있던 보늬 옆으로 가 팔뚝을 툭 쳤다.

"개학 첫날부터 무슨 썰 풀었음?"

"귀신 얘기 중."

"진짜 귀신?"

헛웃음이 터졌다. 명색이 천문 동아리인데 터무니없는 괴담을 진지하게 나누고 있었을 줄이야.

때마침 쏴, 쏟아지는 장대비가 창문을 때렸다.

"으, 타이밍 소름."

광휘가 덩치에 맞지 않게 어깨를 부르르 떠는 시늉을 했다. 우리를 훑어보던 수창 선배가 입가에 웃음을 거두고 나직이 목소리를 깔았다.

"혹시 그 얘기 아는 사람 있어? 우리 학교에 도는 괴담인데 말이야."

유난히 짙은 어둠이 내려앉은 밤이었어. 구름 사이로 서서히 모습을 드러낸 달이 핏물을 머금은 것처럼 붉게 물들어 있었대. 매일 시리게 창백했던 달이 그날만큼은 핏물이 뚝뚝 떨어질 듯 새빨갰다는 거야.

그 붉은 달 아래 운동장을 가로지르던 애가 있었어. 명찰에는 '김민재'라는 이름이 또렷이 박혀 있었지. 김민재는 머뭇거림도, 의지도 느껴지지 않는 걸음으로 뚜벅뚜벅, 마치 무언가에 홀린 것처럼 강당 뒤로 사라졌대. 그 뒤로 김민재는 학교에 나타나지 않았어. 그 애를 보았다는 사람도 없었지.

그렇게 몇 주가 흘렀어. 그 사건은 사람들의 기억에서 점점 잊혀졌지. 그즈음, 학교를 순찰하던 경비원이 강당 뒤뜰 구석에서 휴대폰 하나를 발견한 거야. 그 폰이 누구 거였겠어. 당연히 사라진 김민재가 떨어트린 거였지. 경비원이 휴대폰을 주워 화면을 탁 켜는 순간······.

"몇 주나 지났는데 전원이 켜진다고요?"

세준이 불쑥 끼어들어 말을 끊었다. 그러자 광휘가 눈썹을 씰룩거렸다.

"야, 그냥 좀 듣지?"

수창 선배가 못마땅한 얼굴로 헛기침을 두어 번 한 뒤 얘기를 이어갔다.

암튼 휴대폰 화면에는, 김민재가 사라지기 직전으로 보이는 장면이 찍혀 있었어. 하지만 너무 어두워서 뚜렷하게 보이는 건 없었지. 다만 헉, 헉, 하는 거친 숨소리만 들렸어. 그때 뭔가를 질질 끄는 소리가 나기 시작했어. 쓱, 쓱. 김민재는 바짝 졸았어. 그 소리가 점점 가까워질수록 김민재의 숨소리도 더욱 가빠졌지. 곧이어 울음인지, 웃음인지 알 수 없는 찢어진 목소리가……. 으흐흐, 으흐흑……, 이제……, 네가 대답할 차례야.

여기서 수창 선배가 말을 멈췄다. 그러고는 아이들의 표정을 즐기듯 살폈다. 내가 봤을 때 수창 선배의 이야기를 진지하게 듣는 사람은 광휘뿐이었다. 나머지는 호기심 반, 장난 반으로 받아들이고 수창 선배가 이 분위기를 어떻게 수습할지 지켜보는 중이었다.
"또 붉은 달의 저주?"
등 뒤에서 수창 선배를 겨냥한 목소리가 튀어나왔다. 언제 왔는지 스윙바이의 회장 해미 선배가 팔짱을 낀 채 문가에 서 있었다. 모두의 시선이 해미 선배에게 쏠렸다.

해미 선배는 심드렁한 말투로 이어서 말했다.

"우리 학교에 붉은 달이 뜨면 저주에 걸린다는 괴담이 있어. 저주에 걸린 사람 앞에 마녀가 나타나 사랑을 고백한대. 좀 웃기지? 근데 그때 차갑고 날 선 공기가 코를 긁고 지나가듯 싸한 향이 난다는 거야. 그 냄새를 맡으면 정신이 몽롱해져서 자기도 모르게 고개를 끄덕이게 되는 거지. 그러면 마녀가 '옳다구나. 나랑 평생 재미나게 놀자.' 이러면서 어딘가로 끌고 간다나 뭐라나. 아무튼 그런 허무맹랑한 얘기야."

"그럼 김민재라는 애도 그렇게 끌려간 거예요? 마녀의 고백에 고개를 끄덕여서?"

세준의 질문에 해미 선배는 어깨를 으쓱했다.

"그건 몰라. 마녀의 고백을 거절해도 끌려가거든. 왜냐? 차인 마녀 입장에서 너무 괘씸한 거지. 그래서 '감히 내 고백을 거절해? 에잇, 열받아. 혼 좀 나자.' 이러면서 끌고 간대. 심보가 보통 고약한 게 아니야."

"에이, 그게 뭐예요?"

아닌 척했지만 실은 꽤 솔깃하게 듣고 있던 터라 김이 팍 샜다.

"방금 지어낸 거 아니에요?"

“뭔 얘기가 기승전결이 없어.”

세준과 광휘도 원성을 높였다. 그러자 수창 선배가 의미심장한 표정을 지으며 다시 입을 열었다.

“근데 그거 알아? 다음 달에 붉은 달 뜨는 거.”

한쪽에서 과학잡지를 읽고 있던 규호 선배가 고개를 갸웃하며 물었다.

“개기월식 말하는 거야? 그게 왜?”

사실 붉은 달은 개기월식이 일어날 때 나타나는 현상이다. 핏빛이니, 뭐니 하는 말도 그래서 나온 걸 테고. 해미 선배가 허무맹랑하다고 한 것도 그래서일 거다.

“개기월식에 맞춰서 마녀가 다시 나타날 거라는 소문이 있어.”

수창 선배의 표정은 뻔뻔할 정도로 진지해 보였다.

“마녀가 다시 나타날 거라니, 그게 무슨 소리야?”

“강당 뒤뜰에서 다시 마녀의 향기가 나기 시작했대. 싸한 그 냄새 말이야.”

“진짜?”

규호 선배가 낮은 목소리로 되묻는 순간, 괴괴한 정적이 흘렀다.

“다들 모였네.”

“으악!”

별안간 정적을 깨는 소리에 다들 깜짝 놀랐다. 마여준 선생님이었다.

“뭘 그렇게 놀래. 방학은 잘 보냈어?”

그런데 선생님은 혼자가 아니었다. 선생님의 커다란 덩치에 가려 잘 보이지 않았지만 옆에 웬 여자아이가 서 있었다. 낯섦, 어색, 뭐 그런 기운이 풍겼다.

점점 가까이 보이는 얼굴이 어딘가 낯익다 싶던 찰나, 나는 시간이 멈춘 듯 그대로 얼어붙었다. 다시는 못 볼 줄 알았던 그 애, 송솔채였다.

선생님이 유난히 부드러운 미소를 지으며 말했다.

“우리 스윙바이에 드디어 새로운 부원이 왔다. 다들 잘 대해 주고. 직접 인사해 볼래?”

“음, 저는 1학년 2반 송솔채라고 합니다. 잘 부탁합니다. 스윙바이 부원으로서 우주라는 미지를 함께 알아 가고 싶습니다.”

솔채는 티 없이 싱긋 웃었다. 여전히 햇살처럼 밝고 환한 미소였다.

“와, 얼마만의 새 얼굴이냐!”

“어서 와! 반가워.”

다들 깜짝 선물이라도 받은 양 솔채를 반겼지만, 나는 그 화기애애한 분위기에 섞여 들 수 없었다. 현호가 사라진 빈자리도, 그 자리를 대신 차지한 듯한 솔채도 갑작스럽게 느껴졌다.

난 이 애한테 무슨 말부터 해야 할까. 동아리 시간 내내 지난 기억들이 머릿속을 헝클어트렸다. 그 기억을 억지로 끄집어내는 것만으로도 불행했던 과거의 나를 향해 다시 달려가는 기분이었다.

중학교 때 솔채와 나는 그림자처럼 붙어 다닐 만큼 친했다. 하지만 떠올리기도 싫은 그 일을 겪으며 우리 사이에 금이 가기 시작했다. 그리고 얼마 지나지 않아 솔채가 의료 봉사를 위해 몽골로 향한 엄마를 따라가면서 우리는 더욱 멀어졌고, 시간이 흐르는 동안 관계를 되돌릴 기회마저 놓아버렸다.

그렇게 끝난 줄 알았던 인연을 아무런 예고도 없이 이 자리에서 다시 마주한 것이다. 난 시간이 어떻게 흐르는지 모를 정도로 멍하게 앉아만 있었다.

"남지, 뭐 해? 안 가?"

보늬가 내 팔을 잡고 흔들었다. 어느새 동아리 시간이 끝나 있었다.

"무슨 일 있어? 표정이 별론데?"

우산을 쓰고 교문까지 걸어가는 길에 보늬가 물었다.

"몸이 좀 안 좋아서. 넌 광휘랑 같이 안 가?"

나는 억지로 웃어 보이고는 슬쩍 말을 돌렸다.

"그게 사실은……."

보늬가 걸음 속도를 늦추며 내 얼굴을 살폈다. 잠깐의 침묵 사이로, 거친 빗소리가 귓가를 때렸다. 보늬는 잠시 생각하더니 고개를 살짝 저었다.

"아니야, 나중에. 남지, 너 안색이 진짜 안 좋아 보여. 좀 쉬어야 할 듯? 학원은 갈 수 있겠어?"

"안 가면 우리 엄마가 가만두겠냐?"

그렇게 교문을 막 나서던 참이었다. 쏟아지는 빗줄기 사이로 생경한 장면 하나가 눈에 들어왔다. 우산 하나를 나눠 쓰고 걸어가는 두 사람의 뒷모습이 왜 이리도 비현실적이던지, 나도 모르게 숨을 죽이고 가만히 응시했다. 한 명은 분명 현호 같은데, 그 옆은…….

"저거 도현호랑 송솔채 아니야?"

보늬가 확인 사살하듯 짚어 주었다. 그제야 또렷하게 보였다. 두 발이 땅에 붙은 것처럼 걸음이 나아가지 않았다.

"왜 그래?"

보늬가 의아한 목소리로 물었지만, 아무런 대꾸를 할 수 없었다.

현호가 왜 솔채랑 같이 있지? 둘이 언제부터…….

한때 솔채가 현호를 좋아했던 적이 있긴 하다. 하지만 그건 아주 예전 일이고, 솔채가 몽골로 떠난 뒤로 현호는 한 번도 솔채를 입에 올린 적이 없었다. 내가 솔채를 얼마나 불편해하는지, 누구보다 잘 아는 사람이 현호였다.

주변의 풍경이 서서히 흐려지더니 내 시야에는 오로지 두 사람만 남았다. 둘은 좁은 우산 아래 어깨를 맞댄 채 걷고 있었다. 솔채 쪽으로 우산을 기울이느라 이미 젖어 버린 현호의 한쪽 어깨에 자꾸 눈길이 갔다. 심장에 얼음물을 들이붓는 것처럼 속이 시렸다.

왠지 날 선 공기가 코끝을 스치는 듯했다.

나의 첫 흑역사

올봄, 입학식 날이었다. 2층 교실로 이어지는 계단을 오르며 오늘부터 새 인생을 살겠노라, 굳게 마음을 먹었다.

'친구도 많이 사귀고 교실 구석에 처박혀 있지도 않겠다. 마라탕 속 청경채처럼 있어도 그만, 없어도 그만인 존재에서 벗어나 당당하게 잘 지내겠다. 엄마의 소원대로 공부도 열심히……, 아니, 적당히 해 보겠다.'

단순한 새 학기 다짐이 아니었다. 나에겐 용기였다. 어두운 과거를 박차고 나가 설레는 미래를 맞이할 용기.

남지온, 그동안 힘들었지? 겨울잠처럼 춥고 외로웠던 시간을 잘 버텨냈어. 이제 얼어붙었던 몸을 일으켜 기지개를 켤

시간이야! 스스로를 격려하는 내가 대견해 눈물이 핑, 돌 지경이었다. 그러나 교실 문을 여는 순간, 하마터면 비명을 지를 뻔했다.

오태오? 저 자식이 왜 여기에 있지? 나는 문밖으로 다시 나와 푯말을 확인했다. 4반. 여기 맞는데? 그렇다면 교실을 잘못 찾아온 게 아닐까? 혹시 친구를 만나러 잠시 들른 걸까? 그렇다고 하기엔 책상에 엎드리는 오태오의 몸동작이 너무 자연스러웠다. 누가 봐도 자신의 자리인 것마냥.

본능적으로 이 자리를 벗어나야 한다는 생각에 뒷걸음질 치던 중, 낯설면서도 따뜻한 감촉이 손에 닿았다. 돌아보니 현호가 내 손목을 잡고 있었다.

"현호야……."

태오에게 던진 서툰 고백 때문에 평생 친구일 것만 같았던 애들이 나를 조롱하고 솔채마저 나를 버리듯 떠났다. 그 후 나는 누구와도 가까이 지낼 수 없었다. 내게 먼저 다가오는 사람들도 일부러 멀리했다. 그때 내가 스스로 쌓아 올린 마음의 벽을 기어이 허물고 손을 내밀어 준 사람이 바로 현호였다.

현호는 학교가 끝나면 어김없이 우리 학교 교문 앞에 서 있었다. 초여름 뙤약볕에 땀을 줄줄 흘리거나, 한겨울 칼바람에 두 손을 호호 불면서도 한결같이 나를 기다려 주었다. 학원에 같이 가자는 건 핑계였을 뿐, 사실은 자신의 방식으로 나를 지켜준 것이다.

온종일 교실 구석에 웅크리고 있던 나를 교문 앞에서 멋쩍은 미소로 반겨 준 현호는, 내가 그날 하루를 버텨낼 이유가 돼 주었다.

그렇게 중학교를 졸업하고 마침내 새로운 하루를 시작한 날, 거짓말처럼 오태오가 눈앞에 나타났다. 기나긴 악몽에서 깨어난 줄 알았는데 또 다른 악몽이 시작된 것 같았다. 그 순간 또다시 현호가 손을 내밀어 나를 붙잡은 것이다.

그런데 이번엔 뭔가 달랐다. 방학 동안 못 봤던 현호가 조금 낯설었다. 장난기 가득했던 눈빛이 조금 느끼해졌달까? 턱선도 날카로워졌고, 어깨도 전보다 넓어진 듯했다. 나를 내려다보는 눈높이도 훌쩍 높아져 있었다.

고개를 들어 현호와 눈을 마주친 순간, 심장이 툭, 떨어졌다. 아닌가? 쿵, 떨어졌나? 되게 큰 소리가 났는데. 현호가 커다란 손으로 감싼 손목이 불에 덴 듯 뜨거웠다.

"잠깐만, 도현호."

현호에게 잡힌 손목을 빼내려는데, 웬걸. 현호는 오히려 더 힘을 주어 내 손을 끌어당겼다.

뭐야? 뭐 어쩌자고?

나는 현호를 힐끔 쳐다보았다. 현호도 내 얼굴을 보고 있었다. 무언가 할 말을 가득 담고 있는 듯한 눈빛으로!

아주 짧은 순간, 현호와 나를 감싼 공기의 흐름이 달라진 게 느껴졌다. 동시에 머릿속이 새하얘지며 얼굴이 오븐 속 빵처럼 뜨겁게 달아올랐다. 지금까지 현호와 나 사이에 없었던 낯선 감정이 훅, 치고 올라왔다. 어디선가 달콤한 마카롱 향이 느껴지는 것 같기도 하고…….

그때 현호가 톡 쏘는 말투로 말했다.

"줘."

말뜻을 알아채지 못하고 머뭇거리자, 현호가 재촉했다.

"달라고."

"달다고?"

뭐가 달아? 너도 달아? 지금 이 상황이? 현호가 코를 훌쩍이다가 간신히 대꾸했다.

"달라고, 내 감기약. 너한테 맡겼다며. 엄마가 문자 보냈던데."

맞다! 현호가 감기약을 안 먹고 그냥 나갔다며 유랑 이모한테 부탁받은 약 봉투가 내 손에 들려 있었다.

"그, 그러니까. 너는 왜 칠칠맞게 이런 걸 안 챙겨서 나를 귀찮게 하냐고."

약 봉투를 던지듯 건네며 짜증을 냈다. 현호를 앞에 두고 돋아난 마음들이 민망하고 당황스러웠다.

"그리고 이름을 부르면 되지, 뭘 그렇게 빼앗듯이 가져가? 사람 놀라게."

"불렀는데? 자기가 못 들어 놓고."

"아, 됐어!"

허둥대는 마음을 들킬세라 재빨리 교실로 들어갔지만, 나도 모르게 눈길이 창문을 넘어가 현호의 옆얼굴을 힐끔거렸다. 반듯한 이마와 오뚝한 콧날, 날렵한 턱선까지 하나하나 내 눈 안으로 파고들었다. 심장이 주체할 수 없이 뛰기 시작했다.

그러나 달콤했던 공기가 채 흩어지기도 전에, 차가운 목소리가 목을 조여 왔다.

'안 돼, 여기까지야. 또 엉망이 될지도 몰라.'

내 안에서 들려오는 목소리였다. 더 다가가고 싶은 열망보다 이 마음을 내밀었다가 모든 게 재가 되어 버릴 것 같은 두려움이 앞섰다.

그렇게 뻗어 나가는 마음을 꽁꽁 붙잡아 매고 꿋꿋이 버티던 게 불과 얼마 전이었다. 현호가 나와 같은 마음이길 바라면서도 먼저 고백할 용기는 조금도 내지 못했다.

하지만 어제 빗속으로 나란히 사라지는 두 사람을 본 뒤로 나는 마음을 고쳐먹었다. 현호에게 고백하는 쪽으로.

"오, 드디어 고백을? 잘 생각했어!"

보늬가 어깨를 들썩이며 호들갑을 떨었다. 나는 미간을 찌푸린 채 주위를 둘러보았다.

"야! 목소리 좀 낮춰. 누가 들으면 어쩌려고."

"듣긴 누가 들어. 여길 누가 온다고."

그렇긴 하다. 강당 건물 뒤 구석진 계단참에는 오래된 플래카드나 행사용 등신대, 무대 장치들이 방치되어 있었다. 게다가 본관에서 멀찍이 떨어져 있어 누가 지나갈 일이 거의 없었다. 그러다 보니 이곳은 늘 우리 둘의 차지였다. 어쩌면 선배들이 말한 그 괴담도 한몫했을지도 모르겠다.

어쨌든 그 덕분에 고요한 시간을 보내기에 딱 좋았다. 학기 초까지만 해도 혼자 노래를 들으며 시간을 흘려보냈는데, 언젠가부터 보늬가 함께했다. 스윙바이에서 만나 친해진 뒤로 우린 점심을 먹고 곧장 여기로 달려와 수다를 떨곤 했다.

보늬가 작은 주먹을 턱 밑에 괴고 게슴츠레한 눈으로 내 얼굴을 훑어보았다.

"음, 우리 남지, 고백하라고 등 떠밀 땐 정색하며 도망 다니더니 마음을 왜 바꿔 먹었을까? 내가 모르는 둘만의 이슈가 있었나? 아! 설마 어제?"

"아, 아니거든!"

난 황급히 손사래를 쳤다.

어제 상상해 본 적 없는 두 사람, 그러니까 현호와 솔채가 나란히 걷는 모습을 보는데 가슴이 덜컥 내려앉았다. 말도 안 되는 생각인 건 알지만 마녀를 따라 사라진 괴담 속 그 아이처럼 현호도 사라질까 봐 불안했다. 현호를 잃을지도 모른다고 생각하면 그 불안이 내 심장을 할퀴는 것 같다고, 보늬에게 내 진심을 다 보일 수는 없었다.

속으로 둘러댈 말을 찾는데, 강당 비품 창고 쪽에서 덜컹거리는 소리가 났다. 고개를 홱 돌려 주변을 살폈지만, 사방이 조용했다.

보늬가 내 팔을 잡고 흔들었다.

"그래서 언제 하려고? 약속은 잡았어?"

"일단 보험부터 가입하고."

별안간 보늬의 표정이 굳어 버렸다.

"고백 보험에 가입하려고? 굳이?"

"왜? 요즘 보험 없이 고백하는 사람 없다고 하던데."

"그건 그런데……."

"뭐지, 이 떨떠름한 반응은? 너희도 고백 보험으로 시작했으면서."

나는 입술을 삐죽거렸다. 이번 고백데이에 보늬, 광휘랑 커플 데이트를 하는 상상으로 들뜨기까지 했었는데, 난.

"너희 사이에 보험이 굳이 필요할까 싶어서. 현호 표정을 보면 확실하다니까. 현호가 너를 보는 눈빛이 장난 아니라고."

그놈의 눈빛 타령. 예전에 솔채도 비슷하게 말했었다. 날 쳐다보는 태오의 눈빛이 장난 아니라고. 같은 말에 두 번이나 속을 정도로 난 멍청하지 않다. 현호가 요즘 나한테 얼마나 쌀쌀맞은지도 모르면서…….

"굳이! 필요하거든요?"

내가 잘못 꺼낸 고백으로 어떤 일이 벌어졌는지 안다면, 보늬도 그런 말은 못 할 거다. 그 일은 내 인생의 재난, 그 자체였다. 그런 일을 다시 겪고 현호와 멀어지는 것보다 최소한의 안전거리를 지키는 편이 백배 낫다. 그래서 먼저 고백할 생각은 꿈도 꾸지 않았다.

그런데 그때부터 마음이 조급해졌다. 솔채와 걷는 현호의 등을 멀거니 보고만 있던 그때 말이다. 이렇게 머뭇거리기만 해서는 늦을지도 모르겠다는 생각이 들던 순간, 머릿속에 떠오른 게 있었다.

바로 고백 보험. 고백 보험이야말로 내 고백의 불확실성을 보완할 수 있는 가장 확실한 방법이다.

두근두근 안심 패키지

그날 밤, 책상 앞에 앉아 휴대폰을 만지작거렸다. 더 고민할 것도 없었다. 내친김에 밀어붙이기로 마음을 먹고 인하트 앱을 열었다. 메인 화면에 '상담 신청' 버튼이 반짝거렸다. 버튼을 터치하자 광고에서 본 캐릭터가 나타났다.

분홍색 포니테일 머리카락이 찰랑거렸고, 크고 반짝이는 눈동자엔 장난기와 호기심이 가득했다. 불그스름한 두 볼은 사랑스러운 에너지를 뿜어냈다. 캐릭터의 머리 위로 말풍선이 떴다.

안녕! 나는 너만을 위한 AI 보험 설계사, '아이라'야. 무엇을 도와줄까?

나는 대화 모드를 음성 모드로 전환한 뒤 질문을 던졌다.

"고백 보험에 가입하고 싶은데, 어떻게 하면 돼?"

아이라의 뺨이 붉게 달아오르더니 생기가 돌았다.

"오, 고백하고 싶은 사람이 생겼구나? '두근두근 안심 패키지'는 어때? 보험 약관 먼저 살펴볼까?"

아이라는 친근한 목소리로 보험 약관을 읽어 주었다.

두근두근 안심 패키지

본 상품은 사랑의 고백으로 발생할 수 있는 손실에 대해,
본 약관이 정한 범위 내에서 복구를 보장합니다.

기본 보장 항목

1. '호감도 상승' 서비스
상대의 취향과 심리 패턴을 분석하여 맞춤형 고백 전략 추천!
상대가 느끼는 호감도를 체크하여 최적의 멘트와 행동 안내

2. '안전 고백 철회' 서비스
고백으로 인해 회복할 수 없을 정도로 어색해졌다면?
상대의 기억에서 고백받은 순간을 안전하게 삭제! (단, 15분만 가능)

3. '쉿! 비밀 보장' 서비스
고백 사실이 공개적으로 퍼지는 것이 걱정이라면?
데이터 지우개가 단톡방과 SNS로 퍼지는 소문을 깔끔하게 삭제!

4. '바로톡, 바로답!' 서비스
고백 후 답이 오지 않아 불안하다면?
드론봇이 48시간 이내에 대신 답을 받아 주는 긴급 응답 서비스 제공!

5. '마음 토닥토닥' 서비스
고백에 실패했다면?
위로금으로 고백 캐시 5,000P 지급! 고백데이 중 현금처럼 사용 가능!

특약 사항
고백자의 호감을 높여 주는 '프리미엄 고백 모듈'을 무료로 사용할 수
있습니다. 단, 고백 모듈 선택 시 의무 가입 기간이 연장됩니다.

해지 조건
고백 성공 시 남은 의무 가입 기간과 상관없이 자동 해지 완료!

"고백에 성공하면 의무 가입 기간에 상관없이 바로 해지된
다고?"

"응. 괜찮은 조건이지? 가입하고 싶으면 인증하고 약관에
동의만 하면 돼."

"보험료가 얼마라고 했지?"

그러자 휴대폰에 '월 9,900원'이라는 가입 페이지가 떴다.

"어때? 하나도 안 부담스럽지?"

"아, 거의 만 원이네……."

안 부담스럽긴. 한 달에 만 원이면 1년에 무려 12만 원이

다. 안 그래도 용돈이 부족해서 매번 엄마랑 실랑이 벌이는 것도 지긋지긋한데. 머릿속으로 갓 구운 소금빵과 달콤한 딸기 롤케이크, 부드러운 슈크림빵까지 나만의 작은 행복들이 스쳐 지나갔다. 분하지만 어쩔 수 없었다. 빵 사 먹기도 빠듯한 용돈이지만, 더 쪼개 쓸 수밖에.

나는 의무 가입 기간 3개월 약정 상품을 선택했다. 엄마가 씻으러 간 틈을 타 엄마 휴대폰에 도착한 보호자 동의 요청용 인증 번호를 확인했다. 인증을 마치자마자 보험 약관 설명서와 개인정보 수집 이용 동의서가 떴다.

"뭐가 이렇게 많아."

깨알 같은 글씨로 빽빽하게 적힌 화면을 바로 넘긴 다음 마지막 페이지의 '동의' 버튼을 터치했다. 그러자 내 이름이 딱 박힌 보험 가입 증서가 나타났다. 기다렸다는 듯 아이라가 튀어나왔다.

"아주 잘했어. 이제 나만 믿고 따라와. 지온이 좋아하는 사람의 마음을 얻을 수 있도록 최선을 다할게."

가상의 캐릭터일 뿐인데 이렇게 든든할 수가 없었다. 현호에게 아직 꺼내지도 않은 고백이 성공한 것 같은 기분이 들었다.

D-Day

토요일 아침. 알람이 울리기도 전에 눈이 떠졌다. 몸을 일으켜 커튼을 열어젖히자 햇살이 환하게 비쳤다.

"아이라!"

내가 부르는 소리에 아이라가 쾌활한 목소리로 반응했다.

"지온! 오늘 고백 준비됐어?"

드디어 현호에게 고백하기로 한 날이다. 갑자기 실감이 나서 가슴이 바짝 조였다. 숨을 크게 한 번 내쉬고 말했다.

"응, 준비됐어."

"좋아. 지금 바로 현호에게 고백 초대장을 보낼게. 행운을 빌어."

　며칠 동안 고민해서 정한 초대 문구였다. 나라는 걸 최대한 감추되, 수줍어 보이지만 그래서 더 진심인 것 같고, 누구인지 궁금하게 만들어 주기도 하는, 어젯밤 아이라가 추려 준 것 중에 고르고 고른 초대 문구였다. 그런데 어디서 본 듯한 느낌은 기분 탓일까.

　고백 초대장을 보낸 지 5분도 지나지 않아, 아이라가 다시 나타났다.

　"현호가 방금 고백 초대장을 읽었어!"

　"오, 좋았어!"

　난 그 말을 바로 후회했다. 그때부터 심장이 빠르게 뛰고 초조해지기 시작했기 때문이다. 현호의 수락 메시지는 금방 돌아오지 않았다.

　설마 읽씹? 현호라면 그럴 수 있다. 당연히 놀랐을 테고 신중한 성격이라 고민할 시간도 필요할 거다. 그런데 내 심장은 왜 이렇게 제멋대로 뛰는 걸까.

“제발 진정해.”

왼쪽 가슴에 손바닥을 얹어 꾹 눌렀다.

한 시간이 어떻게 흘렀는지 모르겠다. 인하트 앱을 열었다, 닫았다 하기를 수십 번 반복했다. 그때 알림음이 울리면서 아이라의 목소리가 튀어나왔다.

“현호가 지온의 초대를 수락했어.”

“진짜?”

거실 소파에 파묻혀 있던 몸을 튕겨 내듯 일으켰다. 그러나 꼿꼿이 세워졌던 몸이 금세 스르륵 무너졌다. 아이라가 전해 준 소식이 기쁜 건 사실이었다. 다만 기분이 묘했다.

현호는 내가 보낸 고백 초대장을 보고 무슨 생각을 했을까? 공부에 전념하겠다며 동아리 활동까지 그만둔 현호였다. 그냥 심심해서 이런 초대장을 받고 수락할 리 없었다. 현호는 고백 초대장을 받고 누구를 떠올렸을까? 어떤 기대를 품고 수락했을까?

“설마 솔채를?”

아무것도 먹지 않았는데 슬그머니 속이 뒤틀렸다.

“나를 보고 실망하면 어떡해?”

현호가 내 앞에서 실망한 표정을 짓는다면 나는 그 자리에 주저앉아 울지도 모른다. 아이라가 부드러운 말투로 다독이듯 말했다.

"걱정하지 마. 내가 있잖아. 난 지온 곁에 끝까지 남아서 도울 거야."

아이라가 진짜 내 친구라면 얼마나 좋을까.

고백 세트장에서 현호와 만나기로 한 시각은 두 시였다. 이제 15분쯤 남았다. 나는 아이라가 준비해 준 시나리오 대사를 계속 중얼거렸다. 그러다가 물을 한 컵 마시고, 화장실에 갔다가, 괜히 내 방에 들렀다가, 안방에도 기웃거렸다가……. 이게 이렇게 떨릴 일이냐며 아무렇지 않은 척하다가도, 떨릴 일이 맞긴 하다는 생각에 다리를 달달 떨었다.

드르륵.

소파 위에 던져 놓은 휴대폰의 진동이 울렸다. 바로 휴대폰을 확인했다. 친척 결혼식에 간 엄마의 문자였다.

점심은?

엄마는 별걱정을 다 한다. 지금 시간이 몇 시인데. 이미 냉

장고에서 반찬을 꺼내 밥 한 그릇을 싹싹 비웠다. 이럴 때일수록 속이 든든해야 하니까.

잔소리로 번진 엄마의 문자에 답장은 무의미했다.

두 시가 다 됐다. 침대에 누워 '소울링크'를 양쪽 귀에 꽂았다. 소울링크는 뇌를 자극해 가상현실로 진입할 수 있는 장치다. 블루투스 이어폰처럼 귀에 꽂기만 하면 되니까 간편하고 VR 고글처럼 멀미가 나지도 않았다.

작년에 소울링크를 사 달라는 나를 엄마는 어림도 없다는 투로 나무랐었다.

"네가 기껏 해 봐야 게임밖에 더 해? 그 비싼 게 왜 필요해?"

"학교에서 VR 수업도 들어야 한단 말이에요."

"고글 있잖아!"

"요즘 누가 고글 써요. 다 소울링크 쓰지. 나도 사 줘요.

네?”

“안 돼!”

플랜 A는 실패다. 나는 미련 없이 플랜 B로 전환했다. 엄마 몰래 아빠에게 접근했다. 내년 생일 선물까지 가불 받는 셈 치겠다는 나의 파격 조건 제시로 겨우 소울링크를 받아냈다. 아빠 표현대로라면 거의 뜯어내다시피 한 거지만.

소울링크의 전원을 켜고 눈을 감았다. 기묘한 전자음이 뒤섞인 선율이 귓속으로 흘러 들어왔다. 현실과 꿈 사이 어딘가에서 서성이듯 정신이 흐려지기 시작했다. 몽환적인 음악이 들릴 듯하더니, 신기하게도 눈을 감고 있는데 눈앞에 전혀 다른 세계가 펼쳐졌다.

주위를 둘러보았다.

“진짜 똑같네!”

노란빛 조명이 은은하게 감도는 벽에는 빛바랜 여행지 사진들이 걸려 있고, 그 아래 테이블과 의자가 놓여 있었다. 맞은편 진열장에는 갓 구운 빵들이 먹음직스럽게 쌓여 있어 눈길을 끌었다. 빵 맛도 훌륭하지만, 손님의 마음을 편안하게 해 주는 아늑한 분위기가 이곳, 카페 유랑의 매력이다.

현호와 나, 둘 모두에게 익숙한 장소가 나을 것 같아 고백 세트장을 유랑과 똑같이 꾸몄다. 직접 꾸몄다기보다 인하트 앱에 유랑의 사진과 영상을 넣었을 뿐인데 진짜 유랑에 와 있다고 착각할 만큼 똑같은 결과물이 나왔다.

나는 입구에서 멀리 떨어진 테이블 옆에 섰다. 현호가 문을 열고 들어오면 몇 걸음 더 들어와야 보이는 자리였다. 일종의 지연 효과라며 아이라가 제안한 동선이다. 현호가 입장하자마자 나를 발견하는 것보다 천천히 시선을 집중하게 만들면 내가 더 특별해 보인다나? 듣고 보니 그럴싸했다. 이런 식으로 고백자의 호감을 높이는 거라니.

현호를 기다리며 연거푸 심호흡을 뱉었다. 전자음이 내는 잔잔한 선율이 끊이지 않고 흘러나왔다. 귀에 거슬릴 정도는 아니지만, 박자가 살짝살짝 어긋난 듯 묘한 잔상을 남겼다.

딸랑.

문 위에 달린 종소리가 울리며 현호가 들어왔다. 어리둥절한 표정으로 주변을 살피던 현호와 눈이 마주쳤다. 지금까지는 예고편이었다는 듯 심장이 본격적으로 뛰었다. 아무렇지 않은 척 애써 입꼬리를 올렸지만, 양쪽 귀가 눈치 없이 화끈거렸다.

고백 세트장을 꾸밀 때 첫 고백 특전으로 받은 이벤트 옵

션을 추가했더니 유랑은 신비로운 분위기를 자아냈다. 허공에 흩뿌려진 별빛 조명이 은은하게 반짝였고, 바닥에 몽글몽글 피어오른 안개는 발아래를 부드럽게 휘감았다.

곧이어 거울 조각들이 하나씩 떠올랐다. 거울의 매끄러운 표면에 우리의 추억이 담긴 영상들이 태블릿 화면처럼 재생되었다.

"장난 아니다."

분명 현호와 함께한 추억이지만 이런 영상이 존재할 리 없었다. 마치 누군가 우리 둘을 몰래 찍어 놓은 것 같았다. 사실은 고백 세트장을 설계할 때 사진과 동영상, SNS 링크, 주고받은 메시지 등 내가 직접 업로드한 데이터를 수집해 AI로 재구성한 영상들이었다.

좀 유치하긴 해도 현호의 감정을 자극할 만한 추억 소환법이라며 아이라가 적극 추천한 방법이다. 우리처럼 오랫동안 친구로 지낸 사이에는, 함께 쌓아 온 추억만큼 강력한 무기는 없다며 말이다.

무기. 아이라의 말이 맞다. 나에게 고백 세트장은 전쟁터나 다름없다. 상대의 마음을 얻기 위해 치열하게 싸워야 하는 전쟁터. 내가 맞서야 할 대상은 때때로 다르다. 상대방일

수도 있고, 나일 수도 있고, 경쟁자일 수도 있다. 어떨 때는 3대 1의 싸움이 될 수도 있다. 그러니까 이기기 위해서라면 가진 무기를 잘 써먹어야 한다.

의외로 현호는 추억 영상을 진지하게 들여다보았다. 놀이공원에서 손을 맞잡고 활짝 웃는 모습부터, 싸우다가 서로 엉엉 울음이 터져 버린 순간, 운동회에서 계주 선수로 나선 나를 큰 소리로 응원하는 장면……. 현호의 작은 표정 변화와 눈빛 하나하나가 내 마음을 들었다 놨다 했다.

현호에게 다가갔다. 인기척을 느꼈는지, 현호가 고개를 돌려 나를 바라보았다. 아이라가 써 준 시나리오의 고백 대사를 읊어야 하는 타이밍이었다.

심장이 뛰었다. 쿵쾅쿵쾅.

"도현호, 요즘 왜 자꾸 나를 피해?"

내가 내뱉은 말에 현호가 흠칫 놀란 게 느껴졌다. 그러나 더 당황한 사람은 오히려 나였다. 이건 시나리오에 없는 대사였다. 현호와 눈이 마주치자마자 나도 모르게 불쑥 튀어나온 말이었으니까.

그 순간, 날카로운 경고음이 울렸다. 시야의 오른편에서 붉은 아이콘이 깜빡거리며 메시지가 떴다.

시나리오대로 고백하지 않으면 안 된다는 걸까. 그러나 내가 던진 질문은 고백보다 먼저 묻고 싶었던 나의 진심이었다. 까짓것, 나도 모르겠다. 이왕 이렇게 된 거 한 번 더 물었다.

"이 자리에서 딱 말해 봐. 내가 너한테 뭐 잘못한 거라도 있어?"

아니라고, 피한 적 없다고, 그 흔한 변명이라도 해 주길 기다렸다. 나를 피하는 이유가 적어도 솔채 때문은 아니길 바랐다.

그러나 현호는 우물쭈물할 뿐 끝내 입을 열지 않았다.

"답답해. 무슨 말이라도 좀 해!"

나도 모르게 목소리가 날카로워졌다. 그러는 동안 오류 메시지가 여러 차례 뜨더니, 급기야 고백 세트장 전체가 붉은 격자무늬로 채워지며 이 고백이 망해 가고 있음을 알렸다. 더 늦기 전에 대답은 들어야겠다 싶었다.

감정을 최대한 누그러뜨리고 다시 입을 열었다.

“있잖아, 내가 너를 여기로 어렵게 부른 거거든. 네 마음이 어떤지 알고 싶어서.”

현호는 할 말을 삼킨 눈빛으로 나를 빤히 바라보았다.

어휴, 이런 것도 고백이라고. 하는 나도 어이가 없는데 듣는 사람은 얼마나 황당할까. 역시나 현호는 쉽게 대답을 못 하고 시간을 끌었다.

탁상시계 아이콘이 뜨면서 알람음이 울렸다. 15분으로 타이머를 설정해 두었는데 벌써 2분밖에 안 남았다는 신호였다. ‘안전 고백 철회 서비스’에 따르면 고백 상황 중 15분은 상대의 동의하에 삭제할 수 있다.

나의 고백 작전에서 가장 중요한 건 달콤한 멘트도, 운명적인 타이밍도 아니다. 끝까지 내 정체를 들키지 않는 것이다. 그래야 고백에 실패해도 현호와 어색함 없이 지낼 수 있으니까. 그것이 바로 고백의 불확실성을 제거하기 위해 내가 고백 보험을 선택한 이유다.

그러기 위해선 15분 안에 끝내야 한다. 만약 1초라도 넘기면 내 존재가 현호의 기억에 남게 된다. 그런데 지금의 기억을 삭제할 수 있는 시간이 2분도 채 남지 않은 것이다. 안달 난 마음이 우왕좌왕했다.

침을 꿀꺽 삼키며 현호의 입을 뚫어져라 쳐다보았다. 나는 모든 계획을 망쳐 놓고 뻔뻔하게 현호의 대답을 기대하고 있었다. 마침내 현호가 입을 열어 대답을 꺼냈다.

"미안."

설마 이게 끝? 몇 초 더 기다려 보았지만 현호의 대답은 정말 그게 다였다. 현호와 나 사이에 어색한 침묵이 흘렀다.

거절이 맞긴 맞는 거지? 잠깐만. 거절을 당했을 때 내가 어떤 대사를 하기로 했더라. 이제 와서 고백 시나리오를 떠올리려 애썼지만 머릿속은 진작에 새하얗게 비워져 있었다.

"어, 그게 그러니까……, 나 까인 거지? 하하."

얼어붙은 표정을 들키고 싶지 않아 일단 호탕하게 웃었다.

"그, 그런 거지? 으하하! 그럴 수 있지! 미안해할 거 없어."

그렇게 웃음을 터트리고부터는, 주파수를 못 맞추고 아무 말이나 흘려보내는 라디오처럼 웃음을 멈출 수 없었다.

"무르기 없기다! 신중하게 생각한 거지? 하하하, 하하!"

정신 차려, 남지온. 뭐 하는 거야? 미친 거야? 왜 이렇게까지 오버하고 난리야.

속으로 사정없이 나를 탓했지만, 어느 타이밍에 멈춰야 할지 감이 잡히지 않았다. 현호는 이런 나를 차마 보기 힘들었는지 흔들리는 눈길로 허공을 훑었다.

"나 원래 이런 거에 진짜 쿨해. 알지? 신경 쓰지 마! 하하."

온갖 주접을 부리던 나는 마침내 손가락을 들어 허공을 터치했다. 눈앞에 '퇴장'과 '장면 삭제' 버튼이 나타났다. '장면 삭제' 버튼을 터치하고 삭제할 구간을 설정했다. 당연히 처음부터 끝까지다. '완료' 버튼을 터치하자, 곧 현호로부터 동의한다는 메시지가 날아왔다. 모든 과정이 서로 짜맞춘 듯 순식간에 끝났다.

귓속을 맴돌던 선율이 사그라들며 사방이 컴컴해졌다. 등에 매트리스의 푹신한 감촉이 느껴졌다. 서서히 눈을 떴다. 내 방 천장이 눈에 들어왔다. 막 깊은 잠에서 깨어난 듯 주위를 둘러보았다. 고작 15분 동안 가상 세계에 다녀왔을 뿐인데 오랜 여행을 끝내고 돌아온 느낌이었다. 모든 감각이 새삼스러웠다. 비로소 내 얼굴에 웃음기가 사라지고, 양 볼이 뜨겁게 달아올랐다.

몸을 일으키자마자 바로 주방으로 향했다.

쪼르륵.

정수기에서 냉수가 흘러나왔다. 나는 숨 쉴 틈도 없이 벌컥벌컥 냉수를 들이켰다.

"이런 미친······."

수치심이 파도처럼, 아니, 쓰나미처럼 밀려왔다. 현호에게 고백을 거절당했다는 사실보다 그다음에 내가 벌인 코미디 쇼가 더 부끄러웠다. 누군가 부끄러움을 견디지 못해 죽었다는 기사가 나온다면 그게 나일 거다.

현호의 기억이 완전히 삭제된 게 맞겠지? 그게 아니면 지금 콱, 죽어 버리는 게 차라리 나을지도 모르겠다.

아무리 옆 반이라도 그렇지. 어쩜 이렇게 계속 마주치는 걸까. 복도에 나가도 도현호, 급식실에 가도 도현호, 매점에 가도 도현호가 보였다. 하루 종일 현호를 피해 다니느라 얼마나 신경을 곤두세웠는지 모른다.

학교가 끝나면 더는 마주칠 일이 없을 줄 알았다. 하지만 교문 앞 건널목 앞에 서 있는데 이쪽으로 걸어오는 도현호가 보였다. 눈을 비비고 다시 봐도 도현호였다. 이 정도면 눈 뜬 채로 꾸는 악몽이 아닐까. 나는 마침 문이 열려 있는 서점 안으로 재빠르게 들어갔다.

현호가 어제 일을 기억하지 못하는 건 알고 있다. 하지만 문제는 바로 나다. 현호를 볼 때마다 창피해서 몸서리가 쳐졌다. 현호의 기억이 아니라 내 기억을 지워야 했다.

서점 안은 바깥보다 조용했다. 입구 앞 문구 코너에 다른 반 애들이 모여 있었다. 들어온 김에 서점 안을 둘러보았다. 기둥 앞 좁은 통로를 지나 안쪽으로 들어가자, 천장까지 닿은 책장엔 문제집들이 빼곡히 꽂혀 있었다. 그 앞을 지나치다가 매대 쪽에서 눈길이 멈췄다. 신간들 사이에서 웹소설 단행본 한 권이 유독 눈에 띈 것이다.

셔츠를 반쯤 걸친 금발 남자와 하늘거리는 시스루 로브 차림의 흑발 여자가 서로를 끌어안은 표지 그림 위로『너의 허접한 고백에 넘어갈 줄 알았어?』라는 제목이 선명하게 박혀 있었다. '드라마화 결정!'이라고 적힌 강렬한 띠지도 시선을 끌었다.

야심 차게 준비한 고백을 실패한 나로서는 그냥 지나칠 수 없는 제목이었다. 허접한 고백이라니. 대체 어떤 고백을 했길래. 설마 내 고백보다 더 구릴까. 비닐로 싸여 있어서 책 내용은 바로 볼 수 없었다.

눈치를 보며 책을 들었다 놨다 하는데, 출입문이 열리더니 아는 얼굴들이 들어왔다. 보늬와 광휘였다. 둘은 문구 코너

앞에서 펜을 만지작거렸다. 반가운 마음에 아는 체를 하려 했는데 낌새가 이상했다.

보늬 표정이 왜 이렇게 어둡지? 광휘가 계속 말을 거는데 보늬는 고개만 겨우 까딱거리고 있었다. 생각해 보니 어제 동아리실에서도 보늬는 내내 시큰둥하게 광휘를 대했다. 어떻게든 보늬의 기분을 맞춰 주려고 쩔쩔매는 광휘가 안쓰러울 정도였다. 나서기 좋아하는 성격은 아니지만 누구와도 두루두루 잘 지내는 보늬였기에, 남자 친구한테 유독 쌀쌀맞게 구는 모습이 낯설었다.

결국 광휘는 인상을 쓰며 서점 밖으로 나가 버렸고 보늬는 한숨을 내쉬며 뒤따라 나갔다. 이제 갓 사귄 커플이라기보다 하루에도 몇 번씩 깨졌다가 붙었다를 반복하는 장기 연애 커플처럼 보였다.

왜 저렇게 자주 싸우는지, 궁금해했다가 신경을 꺼야겠다고 생각했다. 연애하다 보면 사랑싸움쯤은 밥 먹듯 하는 거니까. 게다가 커플 사이에 껴서 좋을 리 없다는 건 나도 알고 있었다.

그건 그렇고. 학원 수업 시간이 다가오고 있어서 이러고만 있을 수는 없었다. 일단 허접한 고백은 대체 어떤 고백인지,

그래서 넘어갔다는 건지, 안 넘어갔다는 건지 알아봐야겠다.

서둘러 계산하려는데 먼저 와 있던 애들이 계산대 앞에 쪼르르 줄을 섰다. 한발 늦었다. 사장님이 권태로운 얼굴로 차례차례 계산해 주고 있었다.

"좀 민망한데."

내 차례가 왔다. 사장님이 책 뒤의 바코드를 찍고 카드를 받아 가는데 괜히 내 고개가 점점 내려갔다. 결제가 성공적으로 이루어졌다는 알림음이 울리자마자 난 책과 카드를 건네받고 급히 서점을 빠져나왔다.

학원을 마치고 집으로 가는 길이었다. 가로등 불빛을 따라 골목을 빠져나가면 유랑이 나온다. 유랑 앞을 그냥 지나치려다 창 너머 가게 안쪽을 흘깃 보았다. 유랑 이모가 분주히 움직이고 있었다. 다행히 현호는 보이지 않았다.

나를 차 버린 나쁜 놈! 당분간 절대 마주치고 싶지 않았다. 그렇다고 이토록 기분이 축축 처지는 날에 유랑의 수제 빵을 사 먹는 루틴을 깰 수는 없다. 유랑 이모가 따끈하게 데워 준 빵을 한입 물면 지친 마음이 보송보송하게 풀린다.

도현호는 도현호고, 빵은 빵이지. 내가 왜 개 때문에 이

맛있는 걸 포기해야 해? 속으로 쏘아붙이며 출입문을 밀고 들어갔다. 기다렸다는 듯 고소하고 달큼한 빵 냄새가 코끝을 휘감았다.

"안녕하세요, 이모."

"지온이 왔어?"

나긋나긋한 이모의 목소리가 나를 반겼다. 우리 엄마한테서는 절대 들을 수 없는 목소리다. 저렇게 다른 두 사람이 30년도 넘게 절친이라는 사실이 놀랍다. 문득 손님에게 음료를 건네는 이모의 손등 위로 흐릿한 화상 자국이 눈에 들어왔다. 마음 한편이 살짝 아릿했다.

나는 쟁반에 빵을 공들여 담기 시작했다. 크루아상, 치즈바게트, 브리오슈, 고구마 스콘……. 냄새만 맡아도 벌써 기분이 풀리는 것 같았다. '오늘은 특별히 더 우울하니까, 특별히 더 먹어야지.'라는 각오로 쇼콜라를 집으려는 순간 어깨가 고장이 난 듯 멈칫거렸다.

너무 많이 골랐나? 나 돈 없는데. 이렇게 흥청망청 쓰다가는 다음 달 보험료를 못 낼 수도 있다. 게다가 고백데이 때 현호랑 데이트할 것까지 생각해야 하는데, 그러면 용돈을 두둑이 모아 놔야 한다.

분하지만 연애도 돈이 있어야 할 수 있다. 눈물을 머금으며 빵 몇 개를 도로 내려놓고 크루아상과 브리오슈, 고구마 스콘만 하나씩 남겼다.

쟁반을 들고 계산대로 향하면서 한쪽 어깨에 멘 가방 안을 한 손으로 뒤적거렸다. 손에 먼저 잡힌 건 학원 교재였고, 그 아래에 깔린 지갑이 손끝에 닿을락 말락 했다. 힘을 줘 지갑 끝을 잡아당기는데 교재까지 가방 밖으로 딸려 나왔다.

그 순간, 딸랑. 출입문이 열렸다.

"어!"

눈앞에 현호가 서 있었다. 고백을 거절당했을 때의 충격이 다시 뒤통수를 후려치는 것 같았다. 다리에 힘이 빠지더니 두 발이 방향을 잃고 우왕좌왕하다가 서로 엉켜 몸이 기우뚱 기울었다.

"어, 어, 어?"

여기서 이렇게 넘어진다고? 그러면서도 내 눈은 들고 있던 쟁반에 고정되어 있었다. 고르고 고른 나의 소중한 빵들이 탭댄스를 추듯 쟁반 위에서 들썩거렸다.

내 빵, 절대 지켜! 반사적으로 지갑을 찾으려고 가방 안에 넣었던 손을 꺼내 쟁반 끝을 겨우 잡았⋯⋯, 아니, 잡았어야 했는데 잡지 못했다. 나보다 현호가 더 빨랐다. 현호는 팔을 뻗어 내가 들고 있던 쟁반을 안정적으로 받아냈다. 크루아상이 쟁반 밖으로 튕겨 나갈 뻔했지만 다행히 이마저도 지켜냈다. 나이스!

예술적인 타이밍이었다. 하지만 내 몸은 의지와 상관없이 고꾸라지는 걸 멈추지 못했다. 그때, 현호가 다른 한 손으로 내 가방끈을 낚아챘다. 바닥에 나자빠지진 않았지만 대롱대롱 매달린 꼬락서니가 민망해서 얼굴이 화끈거렸다.

카페 안에 정적이 흘렀다.

"야, 괜찮아?"

괜찮은데 괜찮지 않은 기분이다. 겨우 현호의 팔을 잡고 허리를 일으켜 세웠다.

손님 중 남자아이가 나를 보며 킥킥 웃었다. 그 옆자리의 할머니는 "아이고."라며 혀를 찼다. 싸한 분위기가 감지되었다. 현호와 나의 시선이 동시에 바닥으로 떨어졌다.

"헉, 딸꾹"

너무 놀라 딸꾹질이 튀어나왔다. 『너의 허접한 고백에 넘어갈 줄 알았어?』라고 적힌 제목보다 낯 뜨거운 표지 그림이 눈에 먼저 들어왔다. 헐벗다시피 한 남녀가 나를 쳐다보고 있었다.

망했다.

가방에서 지갑을 꺼내려다가 딸려 나온 건 교재가 아니었다. 현호는 멀뚱히 나와 그 책을 번갈아 쳐다보았다. 그 시선을 받고 있으려니 목덜미까지 뜨거워졌다. 현호가 허리를 굽혀 책을 주워들었다.

아, 진짜 망했다.

나는 은밀한 취향을 공연히 들킨 애가 될 것이다. 열일곱 남지온이 사회적 사망 선고를 받는 순간이다.

현호가 갑자기 웃음을 터트렸다. 그리고는 일부러 들으라는 듯 어색하게 말했다.

"아하하. 내 책 망가질 뻔했네, 하하."

앤 연기는 하면 안 될 것 같다. 현호가 과장된 몸짓으로 자기 가방 안에 책을 집어넣었다. 손님들이 웃음을 참는 게 눈에 들어왔다. 그게 날 더 비참하게 만들었다.

바본가, 그 말을 누가 믿어. 나는 속이 화끈거려 현호를 세게 밀치고 밖으로 뛰쳐나왔다.

집에 도착하자마자 침대에 벌러덩 누워 이불을 펑펑 찼다.

"그게 무슨 망신이야! 도현호는 왜 하필 그때 나타나서는!"

그러다 문득 넘어지는 와중에 보았던, 군더더기 없는 현호의 동선이 불현듯 떠올랐다.

"걔 뭐야? 내가 넘어지든 말든 그냥 무시하면 되지. 왜 그렇게 나서는 건데?"

말을 내뱉자마자 가슴이 두방망이질 치기 시작했다. 두 손으로 얼굴을 감쌌다. 금방이라도 불이 날 것처럼 뜨거웠다. 게다가 현호는 사람들 앞에서 그 민망한 책을 자기 것인 양 어색한 연기까지 펼쳤다.

당황한 나머지 그냥 뛰쳐나온 게 살짝 후회되었다. 생각해 보면 그건 분명 나를 위한 희생이었다.

"진짜 뭐야? 뭘 그렇게까지."

이불을 코끝까지 끌어당겼다. 입꼬리가 제멋대로 올라가더니 자꾸만 실실 웃음이 나왔다. 갓 구운 크루아상을 한 겹씩 떼어먹듯 그 순간을 천천히 음미했다.

"안 되겠다, 아이라!"

아이라한테 아까 현호와의 일을 설명했다.

"어때? 현호가 나를 어떻게 생각하는 것 같아? 나쁘진 않은 것 같지?"

"응. 내 생각에도 그래. 현호는 분명 지온에게 강한 호감을 느끼고 있어. 이건 기회야. 지금처럼 둘의 심리적 거리가 가까워졌을 때 고백하면 성공 확률이 높아. 이참에 지난번 고백 시나리오로 다시 한번 시도해 보는 게 어때?"

나는 벌떡 몸을 일으켜 이마를 탁, 쳤다.

"그래. 내가 망쳐서 제대로 써먹지도 못한 고백 시나리오가 있었지?"

너의 호감을 사는 법

현호에게 고백 초대장을 보냈다. 두 번째니까 더 잘할 수 있다. 이번에는 수락 메시지도 금방 돌아왔다.

"이렇게나 빨리? 설마 기다리고 있었나? 으흐흐."

음흉한 웃음이 흘러나왔다. 예감이 좋았다. 잔뜩 기대를 품고 유랑과 똑같은 고백 세트장에서 현호를 기다렸다. 잠시 후 현호가 나타나 전처럼 추억 영상을 지켜봤다. 여기까지는 시나리오대로 잘 흘러갔다.

내가 현호에게 다가가 "놀랐지? 놀라게 해서 미안."이라며 준비한 대사를 했을 때도 분위기가 나쁘지 않았다. 그러나 나를 쳐다보는 현호의 눈빛이 어딘가 불안해 보였다. 그게 조짐이었을까. 왠지 불길했다.

"저기, 할 말이 있는데."

말끝이 떨리며 얼굴 근육이 굳어 미소가 잘 지어지지 않았다. 두 번째라도 긴장되긴 마찬가지다. 다음 대사가 혀끝을 맴돌던 순간, 현호가 말을 가로채듯 먼저 입을 열었다.

"미안한데, 내가 먼저 말할게."

"어? 그, 그래. 먼저 해."

얼떨결에 고개를 끄덕이자, 현호가 숨 쉴 틈도 없이 말을 이었다.

"앞으로 이러지 않았으면 좋겠어. 이런 상황 좀 별로거든."

마치 적의 공격을 간파한 장수가 선제공격하듯, 현호는 빠르게 말을 쏟아냈다. 목구멍을 타고 비명이 튀어나올 뻔했다. 나 또 차인 거야? 심지어 제대로 고백한 것도 아닌데? 이로써 '0고백 2차임' 달성이다. 하하! 입가에 씁쓸한 웃음이 맺혔다.

그런데 도현호의 지금 저 표정은 뭘까. 기습당한 건 난데, 왜 네가 패잔병 같은 얼굴로 서 있는 거야?

하루 종일 기운이 안 났다. 현호에게 연달아 거절당한 뒤로 마음이 깊숙이 가라앉았다. 수업 시간에는 선생님의 설명도 귀에 들어오지 않았고, 노트에 뭔가를 끄적이면서도 고백을 거절하던 현호의 얼굴이 떠올랐다.

별로? 내가 별로라고? 그래서 어디가 별로야? 꼴도 보기 싫으니까 너희 별로 꺼지라고 소리라도 지르고 싶었다.

이런 기분에도 학교가 끝나면 학원, 학원이 끝나면 숙제, 숙제를 마치고 잠들면 다시 학교. 엄마가 시키는 대로 도돌이표만 찍는 나날이 이어졌다. 그나마 스윙바이 활동과 보늬랑 수다를 떠는 시간 정도가 숨통이 트이는 순간이었다. 하지만 솔채가 있는 동아리실은 더 이상 편한 공간이 아니었고 보늬도 연애를 시작한 뒤로는 예전만큼 자주 볼 수 없었다.

학원을 마치고 지하철역을 빠져나오자, 비가 주룩주룩 내리고 있었다. 온종일 기분도 엉망인데, 날씨까지 이 모양이다. 먹구름이 잔뜩 낀 하늘 아래, 비는 그칠 기미가 보이지 않았다.

"엄마가 우산 챙기라고 할 때 챙길걸."

편의점에서 우산을 살까 하다가, 괜히 핑계 삼아 현호에게 문자를 보냈다.

예상과 달리 금방 답장이 왔다.

입안에서 쓴맛이 맴돌았다. 결국 역 안 편의점에서 우산을 샀다. 차가운 빗속으로 발걸음을 내디딜 때마다 우울한 기분이 꽁무니에 따라붙는 것 같았다. 외롭게 지낸 중학교 때도 이렇게 쓸쓸한 기분을 느낀 적은 없었다. 모두에게 사랑받지 못하더라도 현호의 마음만은 갖고 싶다.

어느덧 유랑 앞이었다. 문득 유리창 너머의 풍경이 눈에 들어왔다. 이게 누구람? 모락모락 김이 올라오는 머그잔을 사이에 두고 마주 앉은 남녀는, 현호와 솔채였다. 속에서 불길이 치솟았다.

이러고 노느라 답장도 그따위로 한 건가.

두 사람은 한 작가가 그린 것처럼 닮은 그림체였다. 솔채가 손을 뻗어 현호의 이마에 묻은 머리카락을 털어 주자, 현호는 멋쩍게 웃으며 뭐라 중얼거렸다. 솔채가 그 말에 까르르 웃자, 현호의 미소도 덩달아 선명해졌다. 서로를 바라보는 눈빛이 따뜻하다 못해 뜨거웠다.

저 분위기는 완전 사귀는 건데? 설마!

현호가 손을 뻗어 솔채의 뺨을 어루만졌다.

어라? 저러다 입까지 맞추겠다?

나도 모르게 창가에 바짝 다가선 그때, 솔채가 내 쪽을 돌아보았다. 그러나 나와 눈이 마주친 여자는 솔채가 아니었다. 정신을 차리고 보니, 조금 전까지 현호와 솔채가 앉아 있던 자리에는 낯선 남녀가 앉아 있었다.

"아하하!"

나는 괜히 소매로 유리창을 닦는 시늉을 하다가 도망치듯, 아니, 정말 도망쳤다. 졸지에 남의 데이트를 훔쳐본 웃긴 애가 되었다. 쓸쓸함은 사람을 추잡하게 만드는구나.

집에 들어오자마자 인하트 앱을 열었다. 마음이 급했다.

"이대로는 안 되겠어. 이러다가는 돌아 버릴지도 몰라. 너무 방심했어."

고백 보험에는 특약이 있다. 고백자의 호감을 높이는 '프리미엄 고백 모듈'인데, 무엇보다 무료였다. 그런데도 나는 굳이 특약을 넣지 않았다. 무슨 자신감이었을까.

자신감이라기보다 자존심 같은 거였다. 그동안 현호와 내가 쌓은 서사가 얼마인데. 어떠한 꾸밈도 없이 나 자체로 도현호에게 특별한 사람이 되고 싶었다. 하지만 내가 현호한테 그 정도는 아니었던 모양이다.

그래, 인정하자. 상처 위에 물파스를 바른 것처럼 마음이 쓰라리지만 인정할 건 인정해야 한다.

"이건 자존심을 내세울 일이 아니야. 어차피 쓰라고 있는 서비스인데 뭘."

몇 없는 내 장점을 하나 뽑자면, 불리한 상황에서 태세 전환이 빠르다는 거다. 눈동자를 도르르 굴려 고백 모듈 매뉴얼을 빠르게 훑어보았다.

호감 필터

고백자의 얼굴과 표정을 자동 분석하여 가장 매력적으로 보이도록 조명 각도와 밝기를 실시간으로 조정한다. 반복 노출 시 상대의 기억 속에서 고백자의 인상이 강화되어 다른 사람보다 더 생생하게 각인된다.

- 사용자 후기: ★★★
- 연장 기간: +6개월

기억 홀로그램

둘만의 특별한 기억으로 구성된 장면이 홀로그램 형태로 재생된다. 설렘, 안도, 의존감 같은 특정 감정을 증폭시켜 '이 감정을 줄 수 있는 사람은 오직 고백자뿐'이라는 인식을 자연스럽게 형성한다.

- 사용자 후기: ★★★★☆
- 연장 기간: +9개월

달콤 조명

고백 세트장의 조명 색상과 밝기를 미세하게 조정하여 상대의 긴장을 완화하고 경계심을 낮춘다. 은은한 향기와 함께 안정감을 유도하여 대화 집중도를 높이도록 작동한다.

- 사용자 후기: ★★☆
- 연장 기간: +5개월

심장 공명 모드

고백자와 상대방의 심장 리듬을 실시간으로 감지하여 동기화한다. 리듬이 일치할수록 상대는 고백자를 긍정적인 대상으로 인식하게 된다.

- 사용자 후기: ★★★★
- 연장 기간: +8개월

운명 시뮬레이션

'운명적으로' 맞아떨어지는 상황을 설정한다. 상대방의 반응 패턴을 예측한 알고리즘을 가동하여 상대방에게 '우리는 잘 맞는다'라는 확신을 이끌어 냄으로써, 고백자를 운명의 상대로 느끼도록 유도한다.

- 사용자 후기: ★★★☆
- 연장 기간: +7개월

고백 모듈의 종류는 수십 가지가 넘었다. 하나씩 살펴볼수록 왜 진작 쓰지 않았을까 후회가 되었다. 그와 동시에 현호의 마음을 금세 잡을 수 있을 것 같은 기대감도 차올랐다.

모듈을 추가할 때마다 의무 가입 기간이 늘지만 어차피 고백에 성공하면 남은 기간에 상관없이 해지할 수 있다. 그렇다면 공짜나 마찬가지 아닌가. 결국 나에게 불리할 게 없는 조건이었다.

다만 사소한 의문 하나가 머릿속을 맴돌긴 했다. '세상에 공짜는 없는데?'라는 다소 '클리셰' 같은 의문 말이다.

설렘 포인트

고백도 처음이 어렵지, 몇 번 해 보니 할 만했다. 이게 다 고백 모듈 덕분이다. 고백 모듈은 내가 계속 도전할 수 있게 용기를 주었다. 새로운 모듈을 사용할 때마다 이번에는 꼭 성공할 것 같은 기분이 들었달까.

'달콤 조명'으로 잔잔한 노을빛을 드리운 바닷가에서 "나는 네가 좀 괜찮은데, 넌 어때?"라며 툭 던져 보기도 하고, 현호가 즐겨 하는 RPG 게임 공간에서 '운명 시뮬레이션'으로 최고의 팀워크를 보여 준 뒤 "우리 한번 만나볼까? 싫으면 말고."라며 시크하게 쏘아붙이기도 했다.

오늘은 심장이 터질 것처럼 까마득한 높이의 롤러코스터

꼭대기에서 ‘심장 공명 모드’를 사용했다. 심박 리듬을 일정 주파수로 조정해 서로의 감정에 공명을 일으켜서 상대가 나를 긍정적으로 인식하도록 돕는 모듈이다.

롤러코스터의 맨 앞 칸에 딱 붙어 앉은 우리의 심장 소리가 점점 증폭되고 있었다. 나와 현호의 심장 리듬이 겹치는 순간, 준비한 대사를 내밀었다.

“내 심장 소리 들려? 나 지금 엄청 용기 내서 말하는 거야. 널 좋아해.”

너무 긴장해서 눈 깜빡일 겨를도 없었다. 그때 현호가 불편하다는 듯 몸을 뒤로 살짝 빼는 게 보였다. 그런 작은 움직임조차 눈에 거슬렸지만, 꾹 참고 두 번째 대사를 던졌다.

“너도 나 좋아하지 않아?”

아직 현호의 심장이 나를 향해 설레지 않는다 해도 우리가 얼마나 좋은 친구였는지, 서로에게 얼마나 소중한 존재였는지, 현호가 기억해 줬으면 했다. 그래서 던진 대사였다. 아무래도 현호는 그 사실을 잠깐 잊은 것 같으니까.

그러나 현호는 한숨부터 내쉬었다. 그 짧은 숨소리에, 나는 이미 답을 들은 기분이었다. 현호는 나와 눈도 마주치기 싫은지 시선을 멀리 돌렸다.

"설마, 내가 싫은 거야?"

"지온아, 그냥 그만하면 안 될까?"

내가 뭘 했다고 그만하자는 건지 이해할 수 없었다. 나는 입안이 바싹 마를 만큼 간절한데, 너를 보면 가슴이 아릴 만큼 진심인데. 내 진심이 마냥 불편하고 피하고 싶을 뿐이구나, 너한테는.

"야."

서운한 감정이 입 밖으로 튀어나오며, 나도 모르게 현호의 손목을 붙잡았다. 그러자 현호가 깜짝 놀라며 손을 뿌리쳤다. 그 격렬한 반응에, 심장이 절벽 아래로 추락하는 것 같았다.

"내가 벌레야? 왜 그렇게 피해?"

"아니, 그런 게 아니고."

현호의 눈빛이 크게 흔들렸다.

짧은 정적 속에서 수만 가지 생각이 머릿속을 스쳤다. 나는 더 이상 현호에게 친구조차 아닌 걸까? 우리가 언제부터 이토록 멀어진 거지?

아무리 생각해도 그럴 만한 이유가 없었다. 유랑에서 같이 와플을 먹으며 평소처럼 티격태격 떠들었고, 내가 와플을 한입에 먹는 개인기까지 보여 줬는데. 그때까지만 해도 깔깔 대며 좋아했으면서!

그런데 그다음 날부터 갑자기 현호의 태도가 돌변한 거다. 도무지 납득할 수 없을 만큼 차갑게. 마음이란 게 이렇게 갑자기 이유도 없이 멀어질 수도 있는 걸까?

현호가 지친 목소리로 입을 열었다.

"생각할 시간을 줘."

웃기고 있네. 그 말이 얼마나 비겁하게 들렸는지, 현호는 모를 거다. '생각할 시간'을 핑계로 이 불편한 자리에서 도망치려는 속셈이다.

"그냥 너는 나랑 엮이는 자체가 싫은 거지?"

이럴 거였으면 나한테 별을 보여 주지 말지. 매일 교문 앞에서 기다리지도 말고, 와플도 구워 주지 말지.

나는 입술을 꽉 깨물고 눈물을 삼켰다. 여기서 한 방울이라도 흘리는 순간 비참해지는 거다. 시야 한쪽에 떠 있는 '장면 삭제' 버튼을 터치하려던 찰나, 현호가 다시 부탁하듯 말을 꺼냈다.

"며칠만 시간을 줘. 다 말할 수 있게."

버튼으로 향하던 손가락이 허공에서 멈췄다. 뭘 말한다는 걸까? 궁금증이 고개를 들었지만 동시에 겁도 났다. 지금껏 현호가 내게 보인 태도로 보아, 결코 내가 바라는 대답은 아닐 게 분명했다. 내 고백을 진지하게 고민해 보겠다는 것도 아니고, 나한테 할 말이 따로 있다니. 결국 거절을 위한 변명 찾을 시간이 필요하다는 뜻이겠지.

온갖 모듈과 서비스를 동원해 꾸며 놓은 고백 세트장에서도 내 고백은 번번이 실패로 끝났다. 하물며 나를 도와줄 화려한 장치나, 안전한 시스템도 없는 현실에서 현호가 쏟아낼 변명을 감당할 자신이 없었다.

나는 이번 고백도 없던 일로 되돌리기 위해 '장면 삭제' 버튼을 가만히 터치했다.

밸런스 게임의 후폭풍

10월로 접어들자 새벽 공기가 제법 쌀쌀했다. 지난주 치른 중간고사 성적이 수직 낙하하고 말았다. 요즘 정신을 얻다 팔고 다니냐는 엄마의 잔소리는 하루도 빠지지 않는 루틴이 되었다.

책을 펼쳐도 눈에 들어오지 않고, 마음이 자꾸만 현호가 있는 방향으로 새어 나가는 걸 난들 어쩌냐고요. 나는 시험 기간 내내 손톱을 씹으며 현호의 SNS를 들락거렸고, 괜히 현호네 반 앞을 알짱거리기도 했다.

그런 내가 한심해 보일 줄은 알았는데, 잔소리까지 더해지니 괜히 화가 나서 엄마한테 대들었다. 그러느라 우리 집엔

한겨울을 앞당겨 맞은 듯 한파가 불었다. 나라고 성적이 걱정되지 않는 건 아니었다. 새벽 공부라도 해 볼 참으로 일찍 일어나 학교로 향한 지 사흘째였다.

조용한 복도를 지나 교실 문을 열고 한 발 내딛자마자 멈칫했다. 아무도 없을 줄 알았는데 나보다 먼저 온 애가 있었다. 그런데 그게 하필이면 오태오였다. 의자에 기대앉아 멍하니 창밖을 바라보던 태오는 인기척을 느꼈는지, 내 쪽으로 고개를 돌렸다.

"남지온?"

처음이었다. 그 일이 있고 나서 태오가 내 이름을 부른 적이. 나는 아무 소리도 들리지 않는 척 내 자리에 앉았다.

"야, 남지온."

태오가 한 번 더 불렀지만, 가방을 뒤적거리며 여전히 모르는 척했다. 나를 빤히 쳐다보는 태오의 시선이 뒤통수로도 느껴졌다.

"너도 고백 보험인가 뭔가, 그거 하냐?"

태오의 목소리가 귓가에 다시 꽂혔다. 깜짝 놀라서 어떻게 알았느냐며 되물을 뻔했다. 그건 실토나 다름없었다. 최대한 표정을 감춘 채 돌아보았다.

"그게 무슨 말이야?"

"지금이라도 그만두는 게 좋을걸?"

"내가 하든 말든 네가 뭔 상관인데?"

"경고, 널 위한."

어이가 없어서 피식, 웃음이 새어 나왔다. '경고'라는 단어도 그랬지만 날 위한다는 말은 진짜 우스웠다. 그러나 태오의 표정은 소름이 돋을 만큼 차갑게 식어 있었다. 설마 농담이 아닌 건가. 내가 고백 보험에 가입했다는 건 어떻게 알았을까. 주제넘은 경고는 또 뭐지?

"고백 보험을 믿어? 넌 그딴 걸 끝까지 믿을 생각이야?"

태오의 일갈을 못 견디고 자리에서 벌떡 일어나 따지려는데 우리 반 애가 문을 열고 들어왔다. 나는 태오를 노려보던 시선을 거두고 이제 막 뗀 엉덩이를 다시 의자에 내려놨다.

그 순간 인생에서 가장 지우고 싶은 흑역사가 떠올랐다.

중학교 2학년 가을, 축제를 며칠 앞두고 들뜬 기분에 젖어 있을 때였다. 나는 편의점 창가 앞에 앉아 신상 크림빵을 한 입 베어 물었다. 벌써 두 개째였다.

"솔채는?"

늦게 나타난 태오가 내 옆에 앉으며 물었다.

"곧 올 거야."

나는 태오에게 하나 남은 크림빵을 내밀었다.

"먹을래? 투 플러스 원이야."

"느끼한 거 별로. 근데 왜 불렀냐? 나 학원 가야 되는데."

태오는 창밖을 쳐다보며 물었다. 나는 그런 태오를 힐끗거렸다. 태오의 옆얼굴은 내가 좋아하는 애니메이션의 남자 주인공과 닮았다. 그즈음 나는 키 크고 운동도 잘하는 태오가 내 남자 친구인 상상을 자주 했었다. 나쁘지 않았다. 심장이 간질간질하기도 했다.

나는 태오를 가만히 쳐다보다 무심한 척 질문을 던졌다.

"크림 파스타에 휘핑크림 얹어서 먹기 대 민트 맛 떡볶이에 와사비 찍어 먹기."

태오가 고개를 돌렸다. 미간을 구긴 얼굴도 멋있었다.

"뭐 어쩌라고?"

"밸런스 게임이잖아. 빨리 골라 봐. 크림 파스타에 느끼한 휘핑크림 얹어서 먹기랑 민트 맛 떡볶이에 와사비 찍어 먹기 중에 뭐가 나음?"

태오는 귀찮은 표정으로 잠시 생각하더니 겨우 대답했다.

"민트 맛 떡볶이에 와사비?"

나는 잠깐 뜸을 들인 뒤 다시 물었다.

"그럼, 크림 파스타에 휘핑크림 얹어서 먹기 대 나랑 사귀기."

좋아, 꽤 자연스러웠어. 그러나 태오는 큰 눈을 끔뻑이기만 할 뿐 입을 꾹 다문 채 열 생각이 없어 보였다. 놀랐다기보다 벙찐 표정이었다.

툭하면 내게 뭐 하느냐며 문자를 보내고 싱거운 장난을 걸던 태오였다. 좋아한다는 말 한마디 못 하고 내 주위만 맴도는 걸 숱채도 눈치챌 정도였다. 그 마음을 받아 주기 위해 직접 나섰건만, 이 뜨뜻미지근한 반응은 뭐지?

침묵 끝에 태오가 어이없다는 듯 코웃음을 치며 말했다.

"참나, 당연히 크림 파스타에 휘핑크림 얹어서 먹기지."

나도 모르게 "킥." 하고 웃음을 터트렸다. 탈압박 자연스러웠어, 오태오.

"에이, 장난하지 말고."

그러자 태오가 정색했다.

"진짠데?"

나는 그제야 뭔가 잘못됐다는 걸 깨달았다.

“응? 느끼한 거 싫다며?”

태오는 나랑 사귀는 걸 선택해야 맞는데. 솔채가 분명 그랬는데, 날 쳐다보는 눈빛이 장난 아니었다고.

솔직히 나도 처음부터 태오를 특별하게 생각한 건 아니었다. 축제가 시작되기 전에 솔채가 현호한테 고백하겠다고 하길래 나도 덩달아 커플이 되고 싶어졌다. 그러다가 태오가 눈에 들어왔고, 보면 볼수록 마음이 자꾸 끌렸다. 게다가 태오가 은근히 좋아하는 티를 먼저 내는데, 내 마음이 어떻게 안 움직일까.

그때, 솔채가 창밖에서 우리를 발견하고 유리창을 톡톡 두드렸다. 솔채의 환한 미소에 태오의 표정이 단박에 밝아졌다. 그 얼굴을 본 순간 내 머릿속에서 번개가 쳤다.

“너 설마 솔채 좋아해?”

“몰랐냐?”

나도 모르게 입을 틀어막았다. 그러고 보니 태오가 문자로 솔채는 뭐 하느냐고 물었을 땐 할 말이 없어서 그런 줄 알았다. 장난도 솔채가 내 옆에 있을 때만 쳤다. 그걸 이제야 눈치채다니.

내가 태오한테 차였다는 소문은 SNS를 타고 퍼져나갔다. 그 편의점에 하필 우리 학교 애들이 있었던 모양이었다. 다음 날 학교 분위기가 심상치 않았다. 옆 반 애들도 복도에서 날 보면 이상한 밸런스 게임을 들이밀었다.

"야, 골라 봐. 절친한테 짝남 빼앗기기 대 절친한테 크림빵 백 개 빼앗기기? 꺅!"

"짝남한테 차이는 거 생중계 당하기 대 방귀로 노래 한 곡 완창하는 거 생중계 당하기? 꺅!"

장난으로 웃어넘기려고 했지만, 도저히 표정 관리가 되지 않았다. 그 애들은 내가 당황하는 모습을 보고 낄낄댔다. 심지어 태오, 그 새끼는 자기 친구들 앞에서 그때 상황을 직접 재현하기까지 했다.

날 조롱하기 위해 만들어진 밸런스 게임은 금세 놀이가 되어 퍼졌다. 어떤 날은 칠판에 큼직하게 적어 놓기도 하고, 또 어떤 날은 SNS에 보란 듯이 올려서 내 계정을 태그하기도 했다. 그래 놓고 내가 불편한 기색을 조금이라도 내비치면 그저 '밈'이라면서 날 유난 떠는 애로 만들었다.

그렇게 말하는 애들 앞에서 화를 내면 학교생활이 나락으로 떨어질 것 같았다. 반대로 이렇게 참기만 하면 '학교 공식 호구' 낙인이 찍힐 게 분명했다.

그때 솔채가 나를 보호해 줬다.

“그만 좀 해. 너희들이 하는 거 그냥 괴롭힘이야.”

그러나 애들은 눈 하나 깜짝하지 않았다. 오히려 도파민이 터진다는 둥 헛소리를 하며 솔채와 나를 싸잡아 조롱했다.

“오, 의리녀 등장!”

“절친 남친 뺏은 크림빵녀 대 남친 뺏은 절친 편들어 주는 의리녀?”

이러한 상황이 반복되면서 나는 정의로운 절친의 남자 친구를 넘보다 차인 애가 되어 있었다. 솔채의 행동이 오히려 불쏘시개가 된 것 같았다. 결국 애꿎은 솔채에게 괜한 불똥을 터트리고 말았다.

“이게 다 너 때문이야! 고백하기 싫다는 사람 억지로 시킨 게 누군데. 다 너잖아!”

사실 말을 쏟아낸 순간부터 알고 있었다. 내가 억지를 부리고 있다는 것을. 종로에서 뺨 맞고 한강에서 눈 흘기는 사람이 있다면 그게 바로 나였을 거다.

“내가 괜한 오지랖을 부려서 네가 더 곤란해졌나 봐.”

하지만 솔채는 말도 안 되는 내 불평을 다 받아 주었다. 나에게만큼은 늘 언니 같았던 솔채였다.

그러나 심사가 꼬일 대로 꼬인 내 눈엔 솔채의 그런 태도도 못마땅해 보였다. 살짝 떨리는 속눈썹, 웃는 것도 우는 것도 아닌 애매한 입꼬리, 손톱 끝을 뜯으며 꼼지락대는 손가락. 전부 거슬렸다. 마치 내가 착한 콩쥐에게 심술부리는 팥쥐 같았다. 사실 거기엔 솔채를 향한 질투도 섞여 있었다. 태오의 마음을 차지한 사람이 하필 솔채라는 게 견디기 힘들 만큼 싫었다.

"웃겨, 진짜. 너 되게 짜증 나거든? 착한 척 좀 그만해!"

기어이 이런 말로 솔채의 마음에 생채기를 내고 말았다. 이즈음부터 솔채도 나를 피하기 시작했다. 마음이 불편했지만, 내가 자초한 일이었다.

결국 해결은 시간이 해 주었다. 내게 지옥 같았던 밸런스 게임 놀이는 금방 다른 유행 밈에 자리를 비켜 주고 시들해졌다. 이제 아무도 밸런스 게임 따위를 입에 올리지 않았다.

그즈음이 되어서야 솔채에게 사과하고 싶어졌다. 그러나 간단한 인사도 나누지 못할 정도로 이미 우리 사이는 벌어져 있었다. 그 간격을 좁힐 용기가 내겐 없었다.

"내가 잘못했어. 미안해."라는 한마디를 다음으로, 또 다음으로, 자꾸 미루었다.

그렇게 내 마음이 솔채 앞에서 서성대는 동안 솔채는 조용히 학교를 그만두고 몽골로 떠나 버렸다.

쉽지 않아, 고백

별빛이 흩뿌려진 무대 위. 눈이 시릴 만큼 새하얀 슈트를 입은 현호가 천천히 걸어 나왔다. 현호는 무대 한가운데 멈춰 서서 간절한 눈빛으로 나를 바라보았다.

"남지온, 널 위해 준비했어."

재즈풍의 피아노 반주가 은은하게 흐르기 시작했다. 우아한 선율이 공간을 채우는 동안 화려한 의상의 응원단이 반짝이는 술을 흔들며 뛰어 들어왔다. 힘이 넘치는 함성과 함께 칼군무가 이어졌다.

"다들 뭐 하는 거야?"

난 아직 어리둥절하기만 한데 현호가 노래를 시작했다.

"미안~, 미안~, 미안~."

현호의 애절한 표정과 달리, 찢어질 듯한 목소리는 도저히 들어 주기 힘들었다. 나는 귀를 틀어막고 소리를 질렀다.

"제발 멈춰!"

★Special Guest: 송솔채★

곧이어 무대 위 스크린에는 형형색색의 글자들이 번쩍이더니, 솔채가 황금빛 봉을 움켜쥐고 손을 흔들며 공중에서 내려왔다.

도현호의 〈미안 콘서트〉에 오신 걸 환영합니다!
(Welcome to the Apology Concert by DHH!)

솔채의 등장과 함께 사방에 불꽃이 터졌다. 이어서 수십 개의 큼지막한 글자가 공중을 가득 채웠다.

미안! 미안! 미안! 미안! 미안! 미안! 미안! 미안! 미안! 미안!
미안! 미안! 미안! 미안! 미안! 미안! 미안! 미안! 미안! 미안!

빨간색, 노란색, 연두색, 푸른색. 온갖 네온의 ‘미안!’들이 무대 위로 쏟아졌다. 감미롭게 흘렀던 배경음은 쇳소리를 내며 귓가를 날카롭게 찔러댔고, 어디선가 나를 비웃는 듯한 소리도 울려 퍼졌다.

“현호는 어차피 솔채 거야. 깔깔.”

“으악!”

나는 비명을 지르며 눈을 떴다. 낯익은 천장이 눈에 들어오자 비로소 꿈이었다는 걸 알아차렸다.

“이딴 꿈을 꾸다니. 미쳤나 봐!”

벌써 열 번도 넘게 고백을 시도했다가 실패했다. 될 듯 말 듯 기대감이 차오르는 순간마다 현호의 대답은 한결같았다.

“미안!”

분명한 거절이었다. 그놈의 미안 소리! 귓가에 달라붙어 떨어지질 않는다. 그러니까 이런 황당한 꿈이나 꾸는 거다.

솔직히 나도 이렇게까지 오래 걸릴 줄은 몰랐다. 그러나 고백자의 호감을 높이는 고백 모듈이 매번 새로운 희망을 북돋워 주었다. 이번에는 반드시 성공할 거라며.

그렇게 현호의 마음을 얻기 위해 매달리는 동안 고백 보험의 의무 가입 기간은 18년이나 늘어나 있었고, 고백에 실패할 때마다 받는 위로금인 고백 캐시도 쌓여만 갔다.

어느덧 고백데이가 코앞으로 다가왔다. 온라인에서는 알고리즘을 타고 해시태그가 달린 게시물이 SNS를 도배했다.

고백데이는 1년에 딱 하루, 인하트에서 청소년 이상 가입자를 위해 개최하는 이벤트다. 이날 연인들은 온갖 커플 아이템으로 아바타를 꾸미고, '러브 시그널 챌린지', '심쿵 게이지 업', '하트 스테이지' 같은 커플 미션을 즐긴다.

물론 '1분 랜덤 소개팅', '솔로 레벨업 챌린지', '멘털 리셋 라운지'처럼 솔로를 위한 이벤트도 진행되는데, 유명 인플루언서들이 초대되어 분위기를 끌어올린다. 회가 거듭될수록 고백데이의 인기가 많아지자 고백 보험 가입자 수도 눈에 띄게 늘었다.

드디어 올해부터 참가 자격이 생긴 나도 현호와의 고백데이 데이트를 꿈꾸었다. 수많은 사람들 틈에서 현호와 가상 이벤트를 즐기는 상상은 온종일 날 설레게 했다. 이번 고백데이에서는 우리만의 반짝이는 추억을 만들고 싶다.

우리만의 기억 속으로

밤하늘의 별빛을 따라 익숙한 호숫가를 걸었다. 아이라가 만든 가상 세계에는 어김없이 몽환적인 전자음이 맴돌았다. 고백 세트장에서 바라보는 별들은 실제보다 훨씬 더 반짝거렸는데, 그 인공적인 반짝임이 현호의 마음을 얻고 싶어서 안간힘을 쓰는 내 모습처럼 보여 마음이 가라앉았다.

계속 걸음을 옮겨 가로등 불빛도 잘 닿지 않는 어두운 구석에 다다랐다. 미동도 없이 서 있는 현호의 뒷모습이 보였다. 현호는 벤치에 나란히 앉아 있는 꼬마 둘을 바라보고 있었다. 그 애들은 열 살쯤의 현호와 나였다.

과거의 특정 기억을 재현해 보여 주는 '기억 홀로그램' 모둘이 작동 중이었다. 영상은커녕 사진도 남아 있지 않은 그날의 장면을 똑같이 살려내기 위해 머릿속에 희미하게 남은 감각을 더듬어 꺼내는 일은 쉽지 않았다.

두 뺨을 스치던 서늘한 가을바람, 밤하늘에 또렷이 박힌 별빛 무리, 등과 엉덩이에 맞닿은 나무 벤치의 단단한 감촉, 현호가 자주 입던 후드티의 은은한 섬유유연제 향까지. 단 하나라도 빼먹으면 그날의 분위기가 흐트러질까 봐, 기억의 조각들을 붙잡아 일일이 인하트 앱에 입력했다.

수십 번 장면을 돌려보다가 가로등 불빛이 환하다 싶으면 다시 고치고, 바람이 너무 차다 싶으면 또 수정했다. 그렇게 해서 겨우 그날과 비슷한 장면을 홀로그램으로 되살려 낼 수 있었다. 물론 그때 근처 어딘가에 있던 엄마와 유랑 이모의 존재는 굳이 입력하지 않았다.

어린 현호가 손끝으로 하늘을 가리켰다. 그쪽에는 쏟아지는 별들 사이로 카시오페이아와 안드로메다, 페가수스와 같은 별자리들이 보석처럼 박혀 있다. 그중 현호가 가리킨 것은 안드로메다자리 아래 브이자 모양으로 길게 이어진 별자리였다.

"저 별자리 이름이 뭐게?"

“뭔데? 승리의 브이 자리?”

“땡. 물고기자리야.”

“말도 안 돼. 저게 무슨 물고기야? 그냥 끈처럼 길쭉하기만 한데.”

현호가 이번엔 손가락으로 별빛을 따라 그었다.

“물고기 두 마리의 꼬리가 끈으로 묶인 거야.”

브이의 꼭짓점에 자리 잡은 별이 유난히 밝았다. 나중에 알게 된 그 별의 이름이 알레샤였다.

“여신 아프로디테가 아들이랑 같이 물고기로 변해서 깊은 물속에 숨어 있었대. 그때 서로 떨어지지 않기 위해 꼬리를 끈으로 묶어서 꼭 붙어 있었던 거래.”

“왜 숨었는데?”

“괴물이 쫓아왔거든.”

“무슨 괴물?”

“티폰.”

그러고는 작은 목소리로 덧붙였다.

“꼭 우리 엄마랑 나 같지?”

현호의 말끝이 흐려지더니 눈가에 눈물이 맺혔다.

홀로그램 영상은 거기서 끝났다. 내가 ‘기억 홀로그램’ 모둘로 되살린 이 장면은, 현호가 가슴 깊은 곳에 묻은 이야기를 처음이자 마지막으로 꺼낸 순간이었다. 현호의 상처를 굳이 더 들여다볼 필요는 없어 영상은 여기까지만 준비했다.

하지만 그날 현호와 나눴던 대화 중 한 대목은 기억 속에 생생했다. 유랑 이모의 아물지 않은 화상 흉터에 관한 이야기였다.

그날도 현호네 아빠는 잔뜩 취한 상태로 집에 들어왔다. 그럴 때마다 아빠는 현호 앞에서 거친 모습을 보였고, 유랑 이모와 다투곤 했다. 그런데 그날 다툼은 유독 심했던 모양이었다. 흥분한 아빠가 팔을 휘두르다 가스레인지 위의 냄비 손잡이를 건드린 것이다. 펄펄 끓고 있던 찌개가 그대로 유랑 이모 앞에 쏟아졌고, 현호는 그 장면을 고스란히 지켜봐야 했다.

사실 엄마와 유랑 이모가 나눈 대화에서 우연히 내 귀로 흘러 들어온 단편적인 단어들을 조합해 어렴풋이 알고 있던 일이다.

그럼에도 불구하고 현호의 입으로 직접 듣는 건 전혀 달랐다. 그날 충격을 받고 뜨거워진 내 감정의 온도가 지금도 또렷하다.

그때 나는 현호에게 이런 말을 꺼냈었다.

"너희 아빠 진짜 나쁘다."

현호는 나를 힐끗 보더니 천천히 되물었다.

"우리 아빠 많이 나빠?"

"응. 많이. 아주 많이."

"근데 있잖아."

현호는 뜸을 들이더니 들릴 듯 말 듯한 목소리로 이렇게
말했다.

"나 무서워."

"뭐가? 아빠가 다시 찾아올까 봐?"

"그게 아니라. 사람들이 내가 아빠랑 닮았대. 아주 많이."

"그게 왜 무서워?"

현호는 대답 대신 희미하게 웃었다. 어린 내 눈에도 유난
히 슬퍼 보였던 그 미소는 지금도 한 번씩 떠오르곤 한다.

사고가 터진 날, 현호네 아빠는 택시를 불러 유랑 이모를
응급실로 데려갔다. 그러나 화상으로 짓물러 터진 손등과 발
등은 예전으로 돌아갈 수 없었다. 그날 이후 현호네 아빠가
집에 들어오지 않는 날이 점점 늘었고, 유랑 이모는 현호를
데리고 그 집을 나왔다. 현호와 아빠 사이의 가느다란 실마

저도 툭 끊겼다. 현호에게 아빠는 이제 상처로만 남아 있는 존재다.

현호의 슬픔이 내 심장에 짜르르 전해지던 순간, 내 마음도 현호에게 닿기를 바랐다. 나는 현호의 손목과 내 손목을 끈으로 묶는 시늉을 했다.

"너랑 나랑 꽁꽁 묶었어. 이제 절대 떨어질 리 없어, 우리도."

나름의 위로였다. 현호는 배시시 웃으며 고개를 까딱했다. 그때부터 우린 정말 보이지 않는 끈으로 이어진 사이가 되었다. 적어도 나는 그렇게 생각했다.

"현호야."

내가 부르자 현호가 홀로그램에서 눈을 떼고 나를 돌아보았다. 무표정한 얼굴이지만 왠지 모를 온기가 느껴졌다. 게다가 나를 뚫어져라 쳐다보는 눈빛은 호수보다 깊고 촉촉했다.

나, 미친 걸까? 그게 아니라면, 기억 홀로그램 모듈이 효과를 발휘하고 있는 게 분명했다. 전과 확실히 다른 반응이었다.

현호가 한 걸음 다가왔다. 괜히 입술이 마르고 심장이 쿵쾅쿵쾅 뛰었다. 숨결이 닿을 만큼 가까이 다가온 현호가 조심스럽게 입술을 뗐다.

"혹시 너야? 나한테 계속 고백한 사람이."

뜻밖의 질문이었다. 흠칫 놀랐지만 질문의 의도를 알 수 없어 일단 되물었다.

"그게 무슨 소리야?"

"고백 초대장을 계속 받았는데, 고백을 받은 기억이 없어. 나는 그게 꼭 너 같거든."

나는 왜 이렇게 멍청할까. 고백 세트장에 머무는 동안의 기억은 삭제할 수 있지만, 고백 초대장을 받은 순간의 기억은 삭제할 수 없다. 그건 현실에서 실제로 보낸 거니까.

이런 질문을 받을 거란 생각을 왜 한 번도 하지 못했을까. 왜 진작 그럴듯한 대답을 준비하지 않았을까. 현호는 현실 세계의 나를 의심하고 있었다. 점점 굳어 가는 표정을 감추기가 어려웠다.

그러다가 문득 이런 생각이 들었다. 차라리 잘된 일인지도 모르겠다고. 그 정도로 널 좋아한다고 말하면 현호의 마음이 움직이지 않을까? 그런 계산이 서자, 갑자기 강력한 무기 하나를 손에 쥔 것처럼 자신감이 붙었다.

숨을 크게 들이켠 뒤, 현호의 눈을 똑바로 바라보았다.

"어. 나 맞아. 너한테 계속 고백한 거……, 나야. 널 그만큼 좋아해서 그랬어."

이제 좋아한다는 말 정도는 술술 나왔다. 현호의 눈동자가 세차게 흔들렸다. 나를 가만히 바라보던 현호가 두 손으로 얼굴을 쓸어내렸다. 파르르, 떨리는 숨소리가 들렸다.

내 진심에 감동해서 눈물이라도 터트린 걸까. 드디어 이 지루한 고백 루프를 벗어나 현호와 커플이 될지도 모른다는 기대감이 사르르 번져 나갔다.

현호에게 한 걸음 다가가 손을 잡으려던 그때, 다시 고개를 든 현호와 시선이 마주쳤다. 그 순간, 들떴던 심장이 단번에 얼어붙었다. 그건 감동받은 사람의 눈빛이 아니었다. 현호의 눈에는 정체 모를 서늘함이 서려 있었다.

"고백하고 내 기억을 지우고, 다시 고백하고 또 지우고. 네가 정말 그랬다고?"

현호는 믿을 수 없다는 듯 물었다. 감동이 아니라, 배신감이 가득 들어찬 얼굴이었다.

"나한테 그렇게 거절당하고도 계속?"

현호의 한마디, 한마디가 내 자존심을 박박 긁었다.

“그래, 내가 그러긴 했는데……. 근데 너는 꼭 그런 식으로 말해야 속이 시원해?”

괜히 억울한 감정이 솟구쳐 한마디 더 쏘아붙였다.

“그렇게 매번 거절한 거에 대해서 미안한 마음은 없니?”

현호는 기가 막힌다는 듯 피식, 헛웃음을 쳤다.

“내가 왜?”

“웃긴다. 초대장을 보낸 건 나지만, 제 발로 여기까지 온 건 너잖아.”

“알아. 초대장을 수락한 것도 나고, 네가 기억을 지울 때마다 매번 동의했던 것도 나야. 기억이 나진 않지만 그렇게 해 주고 싶었을 거야. 네가 원하니까.”

“근데 왜…….”

왜 그런 눈빛으로 나를 탓하듯 쳐다보느냐고 따지고 싶었다. 하지만 금방 죄지은 사람처럼 고개를 툭 떨구는 현호를 보니 더는 말이 나오지 않았다.

곧 현호는 떨리는 목소리로 중얼거렸다.

“너와 나. 뭔가 굉장히 잘못한 것 같아.”

글쎄. 난 딱히 잘못한 게 없는 것 같지만, 어쨌든 이번 고백도 실패가 분명했다. 시간이 더 흐르기 전에 이 상황을 없던 일로 만들어야 할 것 같았다. 늘 그랬던 것처럼.

시선을 옮겨 '장면 삭제' 버튼을 쫓고 있는데, 현호가 가라 앉은 목소리로 이어 말했다.

"그런데 이제 알 것 같아. 그건 널 위한 행동이 아니었어. 난 그동안 네 감정에 휘둘리고 있었던 거야. 더 이상 그래서는 안 되겠어."

현호의 차갑게 식은 눈빛이 화살처럼 꽂혔다.

"그게 무슨 소리야?"

"내가 먼저 놓지 않으면, 너도 끝내지 않겠지?"

"무슨 수수께끼 같은 소리야? 알아듣게 좀 말해."

"미안해. 진작 끝냈어야 했는데……."

현호는 알 수 없는 말만 늘어놓더니, 갑자기 눈앞에서 서서히 흐려지기 시작했다. 곧 고백 종료를 알리는 배경음과 함께 현호의 모습이 완전히 사라졌다.

"어? 잠깐만! 아직……."

내 목소리가 허공에서 맴도는 동안 메시지 하나가 떴다.

도현호 님이 고백 세트장에서 퇴장했습니다.

그러고 보니 고백을 거절하면 거절했지, 현호가 먼저 시스템을 종료시키고 세트장을 나간 적은 한 번도 없었다.

나는 현호에게 계속 '장면 삭제'를 요청했다. 그러나 현호의 응답은 돌아오지 않았다.

탐탁하지 않은 마음

"으아아아아악!"

침대에 누워 허공에 헛발질을 해 댔다. 엄마가 방문을 벌컥 열어젖혔다.

"지금이 몇 시인 줄 알아? 왜 난리야!"

"하, 아무것도 아니에요."

"웬일로 공부라도 하는 줄 알았네. 괜히 학교에서 졸지 말고 얼른 자."

엄마가 자기 할 말만 하고 문을 쾅 닫았다. 나는 다시 베개에 얼굴을 묻고 음 소거한 비명을 질렀다. 그러고는 얼굴이 벌게진 채로 아이라를 불러냈다.

"고백이고 뭐고, 이제 안 할 거야. 그 자식 꼴도 보기 싫어!"

"정말 이대로 포기할 거야? 그게 진짜 지온의 마음이야?"

"됐어! 싫어! 평생 안 볼 거야. 절교야!"

"지온, 그거 알아? 누군가를 사랑할 때나 미워할 때 똑같이 도파민이 분비된다는 거. 도파민은 어떤 대상에게 강하게 끌릴 때 만들어지거든. 그래서 누군가를 미워할 때도 그 사람 생각이 계속 떠오르는 거야. 그러니까 누군가를 미워하는 마음은 사실 그만큼 상대에게 강하게 끌리고 있다는……."

이 와중에 날 가르치려 든다고? 오늘만큼은 아이라의 조언이 거슬렸다.

"확 꺼 버린다?"

"내 말은, 지금 포기하기엔 이르다고."

"지난번에도 그런 식으로 말했잖아. 이젠 안 속아!"

"솔직히 말해 봐. 지온도 아쉽잖아. 여기서 끝내면 허무할 것 같지 않아?"

"그렇지만 현호가 모두 알게 됐잖아. 걘 내 삭제 요청도 안 받아 줬다고! 나도 자존심이 있어. 날 얼마나 우습게 생각하겠어?"

"지온의 마음 이해해. 얼마나 허탈한지. 그래서 이렇게 말하는 거야. 현호가 지온의 고백을 받아들이는 순간, 무너진 자존심은 단번에 회복될 거야. 그리고 오늘의 고백은 실패한 게 아니야."

아이라의 말은 곱씹어 보아도 도통 이해되지 않았다.

"실패한 게 아니라니? 그게 무슨 소리야?"

"조금 전에 말이야. 현호의 마음이 가장 흔들린 순간이 언제인지 알아?"

아이라는 대답 대신 질문을 던졌다. 금방 알려 줄 것처럼 굴더니 뭐 하자는 건지.

"언제였는데?"

"어린 현호가 괴물 티폰 이야기를 꺼냈을 때야."

"그게 왜?"

"지온도 알잖아. 현호가 아빠 때문에 얼마나 힘들어했는지. 그때마다 현호 곁에 있었던 사람이 누구야? 바로 지온이었어. 아까 현호는 그 사실을 되새긴 거야. 이제 지온은 현호에게 더욱 특별한 존재가 된 거라고. 그러니까 오늘 고백은 실패가 아니야."

아이라의 말을 듣는 동안 알 수 없는 꺼림직함이 마음 한

편에 걸렸다. 그럼에도 곧 순순히 고개를 끄덕였다. 사람은 힘들 때 먼저 손을 내민 사람에게 기대고 싶어진다. 솔채가 떠나고, 한동안 학교에 가기 싫을 정도로 괴로웠다. 나를 조롱하던 반 분위기도 사그라들었고, 몇몇 아이들은 나를 찾아와 사과하기도 했다. 그런데도 나는 여전히 마음의 문을 열지 못했다.

나 자신이 너무 한심해서 견딜 수 없던 어느 날, 결국 현호 앞에서 쌓아 두었던 감정이 터지며 어린아이처럼 울고 말았다.

"태오한테 차인 것도, 애들한테 놀림당한 것도 견딜 수 있어. 내가 잘못한 게 아니니까. 근데 있잖아. 아무 잘못도 없는 솔채를 질투하고, 걔한테 못되게 굴었던 순간이 자꾸 떠올라서 괴로워. 나도 내가 왜 그러는지 모르겠어. 그냥 내가 한 짓이 너무 창피해서 짜증 나."

그날 현호는 나의 투정을 묵묵히 받아 주었다. 눈물도 닦아 주었나? 이건 확실하지 않다. 아무튼 그런 순간들이 모여 내 마음에 현호가 특별한 존재로 자리 잡은 것처럼 현호도 나를 그렇게 생각한다면 얼마나 좋을까.

아이라가 싱긋 웃는 표정을 그리며 말했다.

"포기하지 마. 다음 고백 작전도 내가 완벽히 준비해 줄 테
니까."

아이라 앞에서 나는 어느새 순한 양이 되어 얌전히 고개
를 끄덕였다. 나도 내 마음을 잘 모르겠는데 아이라는 어쩜
이렇게 내가 듣고 싶은 말만 해 주는 걸까.

그럼에도 불구하고 마음 한구석에는 해소되지 않은 어떤
불안이, 자꾸만 손을 대는 바람에 좀처럼 딱지가 지지 않는
상처같이 계속 날 신경 쓰이게 했다.

붉은 달을 기다리며

거울에 비친 얼굴이 참 볼만했다. 눈두덩은 퉁퉁 붓고 눈꺼풀 아래로 다크서클이 진하게 내려앉았다. 밤새 악몽에 시달린 탓이었다. 나를 쏘아보던 차가운 얼굴과 티폰에 쫓기느라 겁에 질린 얼굴, 현호의 두 얼굴이 번갈아 나타나 꿈속에서 나를 내내 괴롭혔다.

나는 어깨를 축 늘어뜨린 채 학교 갈 준비를 했다. 토요일이지만 스윙바이의 전통인 1박 2일 야외 관측을 떠나기로 한 날이다. 내일 새벽에 있을 개기월식에 맞춘 일정이었다. 드디어 붉은 달을 볼 수 있다.

교문 앞 소형 버스 주변에 부원들이 모여 있었다. 마여준 선생님도 보였고 솔채와 세준, 해미 선배도 수다를 떨고 있었다. 그새 솔채도 부원들과 제법 친해진 것 같았다.

선생님에게 먼저 다가가 인사했다.

"쌤, 저도 왔어요."

"어, 지온아. 왜 이렇게 피곤해 보여?"

"설레서 한숨도 못 잤거든요."

난 대충 선생님이 듣기 좋은 말로 둘러댔다.

주위를 둘러보았다. 마침 광휘와 나란히 걸어오는 보늬가 보였다. 팔을 번쩍 들어 흔들었다. 옆에서 세준이 호들갑을 떨었다.

"오, 스윙바이 공식 커플!"

광휘는 보늬의 눈치를 힐끔 보더니 종주먹을 휘둘렀고, 보늬는 못 들은 척하면서 내 옆으로 왔다. 수창 선배가 도착한 걸 보고 해미 선배가 선생님을 불렀다.

"쌤, 다 온 거 같은데요?"

학원 때문에 못 온 선배들을 제외하면 모두 제 시각에 모였다.

"어, 해미야. 잠시만."

선생님이 건널목 쪽을 기웃거렸다. 곧이어 반대편 신호등

앞에 누군가 나타났다. 나는 그게 누군지 단번에 알아보았
다. 도현호였다.

"이게 누구야?"

"탈퇴한 인간이 웬일이냐?"

광휘와 세준이 반가움과 서운함이 뒤섞인 목소리로 외쳤
다. 건널목을 성큼 건너온 현호가 두 사람의 어깨에 팔을 걸
치며 멋쩍게 웃었다.

"인사도 없이 그만둔 게 마음에 걸려서. 오늘 아침에 쌤한
테 빈자리 있는지 여쭤봤지. 헤헤."

그러더니 슬쩍 내 쪽을 바라보았다. 나는 재빠르게 고개
를 돌려 현호의 눈길을 피했다.

뭐야, 여긴 왜 온 거야. 자기한테 왜 고백했느냐고 따지기
라도 하려고? 아, 지금이라도 배 아프다고 빠질까? 학원 보
충 가야 한다고 가 버려? 엄마한테 급한 일로 전화 왔다고
해? 그 짧은 순간에 머릿속이 팽팽 돌았다.

그러다가 불길한 예감 하나가 머릿속에 스쳤다. 내 눈길
이 현호와 웃으며 인사하는 솔채에게 향했다. 가슴 한구석에
불꽃이 타올랐다. 둘 사이를 직접 확인하고 싶은 충동이 일
었다.

“자자, 출발하자! 휴게소에는 한 번 들를 거야.”

선생님의 재촉에 우리는 차례대로 버스에 올랐다. 먼저 자리를 잡고 앉은 광휘가 자기 옆자리를 툭툭 치며 보늬를 쳐다보았다. 그러나 보늬는 광휘를 그대로 지나쳐 맨 뒷자리에 앉더니 내게 손짓했다. 괜히 광휘의 눈치가 보였다. 그대로 굳은 광휘의 얼굴을 못 본 척하고 보늬 옆에 앉아 귓속말을 했다.

“또 사랑싸움? 나 중간에 끼우지 마라. 아주 피곤하거든.”

“그런 거 아니야.”

보늬는 슬쩍 웃으며 고개를 저었다. 웃곤 있지만 미소 뒤로 드리운 그림자가 짙어 보였다. 이번엔 또 뭣 때문에 싸운 걸까.

광휘 옆에는 현호가 앉았고, 솔채는 맨 뒷자리로 와 보늬 옆에 앉았다. 얼떨결에 보늬를 가운데 두고 나란히 앉게 되었다.

둘이 뭐라도 있기만 해 봐. 나는 팔짱을 낀 채 두 사람을 주시했다. 현호가 고개를 돌릴 때마다 솔채와 눈빛을 주고받는 건 아닌지, 뒤통수에서 느껴지는 들뜬 기분이 혹시 솔채 때문은 아닌지, 제멋대로 온갖 상상이 뻗어 나갔다.

잠시 후 버스 안이 조용해졌다. 보늬와 솔채는 어느새 잠들었지만 난 그럴 수 없었다. 이어폰을 귀에 꽂은 현호의 까딱이는 뒤통수를 부릅뜬 눈으로 지켜보았다.

숙소에는 오후 세 시쯤 도착했다. 현호와 솔채 사이에는 아무 일도 일어나지 않았다. 적어도 버스 안에서만큼은. 긴장이 풀린 탓인지 피곤이 급격히 몰려왔다. 잠도 못 자고 이게 무슨 짓인가 싶어 헛웃음이 새어 나왔다.

숙소는 산 중턱 마을의 낡은 민박집이었다. 한쪽 벽면에는 '민박'이라고 적힌 현수막이 힘없이 펄럭였다.

"여기 벌레 나오는 거 아니에요?"

"화장실도 너무 낡았어요!"

아이들의 민원이 빗발쳤지만 선생님은 대수롭지 않은 표정으로 대꾸했다.

"여기 전망이 얼마나 끝내주는데. 나만 아는 별 보기 명당이라 큰맘 먹고 데리고 온 거야. 지금 아니면 못 쉬니까 쉬고 있어. 새벽에 관측해야지. 나는 고양이 보러 가야겠다."

선생님은 고양이용 간식 봉지를 흔들며 내 옆을 지나갔다. 그때 솔솔 부는 바람을 타고 낯익은 냄새가 코끝을 툭 건드렸다.

“이거 무슨 냄새예요?”

내가 물었다.

“무슨 냄새?”

“싸한 냄새요. 분명 어디서 맡아 봤는데.”

“킁킁, 잘 모르겠는데. 선생님이랑 같이 갈 사람?”

“어? 저 갈래요.”

“저도요!”

수창 선배와 세준이 선생님을 따라 나갔다.

창밖을 힐끔 내다보았다. 오늘 붉은 달을 볼 수 있을까? 강원도에 들어설 때만 해도 맑았던 하늘은 먹구름으로 뒤덮여 있었다. 내 눈으로 직접 개기월식을 관측하는 건 처음이었다. 그래서 엄청 기대했었다. 이번 개기월식은 3년 만이라는데, 날씨가 이렇게 안 따라줄 줄이야.

민박집 사장님이 차린 저녁을 먹고 난 뒤에는 빗방울까지 떨어졌다.

“오늘은 텄다, 텄어.”

“다음 개기월식은 내년에나 볼 수 있대.”

다들 허탈한 표정으로 거실에 널브러져서 시간을 허투루 보냈다. 그렇게 비가 그치기를 기다리는데 문득 찝찝한 생각이 머리를 스쳤다. 솔채가 안 보였다, 그리고 현호도. 설마 둘이? 긴장을 풀어도 너무 풀고 있었다.

겉옷을 챙기러 부랴부랴 여자 방 쪽으로 갔다. 둘이 어디론가 사라지기 전에 찾아야 한다.

나는 돌진하듯 방문을 열어젖혔다.

"엄마야!"

아무도 없을 거라고 생각했는데 누군가 있었고, 그게 솔채였으니 난 놀랄 수밖에 없었다. 가방을 정리하던 솔채가 나보다 더 놀란 눈으로 물었다.

"왜 그렇게 놀라? 무슨 일 있어?"

"어……."

솔직히 할 말이 없었다. '어, 사실은 미치광이처럼 망상에 빠져 있었어.'라고 할 순 없으니까. 우리 둘 사이에 묘하게 어색한 공기가 맴돌았다.

"그러니까 저기, 보, 보늬는?"

나는 괜히 보늬를 찾는 척했다. 그런데 말을 꺼내고 나서야 뭔가 잘못되었다는 걸 알았다.

한참 전부터 보늬도 보이지 않았기 때문이다.

헤어지는 이유

"광휘랑 나가던데."

솔채가 몸을 살짝 돌려 창문 쪽을 가리켰다.

"광휘랑? 어디로?"

"그것까진 잘……. 아마도 데이트? 비도 그쳤으니까."

그러더니 솔채가 뭔가 떠오른 듯 말을 이었다.

"아! 그러고 보니 아까 둘이 나갈 때 좀 그랬어."

"뭐가?"

"뭐랄까. 보늬가 억지로 끌려가는 분위기?"

"억지로? 근데 보고만 있었어?"

"그냥 평소처럼 또 다투는 줄 알았지."

끌려갔다는 말이 왠지 위협적으로 들렸다. 광휘가 온종일 투덜거리던 보늬의 기분을 풀어 주려는 걸 보고 솔채가 과하게 표현한 걸지도 모른다.

근데 모르겠다. 보늬는 광휘와 사귀고부터 기분이 가라앉아 보일 때가 많아졌다. 그때마다 둘 사이에 무슨 문제가 있는 게 아닐까, 걱정했지만 오지랖 부리는 것 같아 모르는 척해 왔다. 그런데 이번엔 그 오지랖을 좀 부려야 할 것 같았다. 나중에 괜한 짓을 했다고 후회하더라도 당장 낯선 곳에서 보늬가 사라졌는데 내가 아무렇지 않은 것도 이상하다.

둘 다 내 전화를 받지 않았다. 직접 찾아야 할 것 같았다. 점퍼를 꺼내 입고 방을 나서려는데 솔채가 나를 불러세웠다.

"어디 가려고?"

"보늬 찾으러."

어느새 내가 찾는 사람이 현호에서 보늬로 바뀌어 있었다.

"무슨 일 생긴 거야, 보늬한테?"

"몰라. 확인해 봐야지."

솔채한테 던지듯 대답하고 급히 방을 나섰다. 거실에서 선배들과 시시덕거리던 세준이 어디 가느냐고 물었다. 나는 "그냥."이라고 짧게 대답하고 민박집 마당으로 나갔다.

"나도 같이 가."

언제 따라 나왔는지 솔채가 점퍼까지 챙겨 입고 서 있었다. 솔채와 단둘이라니. 어색하고 불편했다. 그래도 부쩍 어두워진 산길을 혼자 걷는 것보다는 나을 것 같았다. 우리는 약속이라도 한 듯 아무 말 없이 가로등 불빛을 따라 마을을 돌아다녔다.

휴대폰 진동이 짧게 울렸다. 혹시 보늬일까 싶어서 꺼내 보았지만 아이라의 메시지임을 확인하고 힘이 쫙 빠졌다.

타이밍 한번 기가 막히네. 이 상황에 고백 시나리오라니. 아이라의 고백 시나리오만큼은 내가 딱히 손볼 필요가 없을 정도로 완벽했다. 이번에도 당연히 그럴 거다.

짧은 답장을 보내자마자 메시지창을 닫아 버렸다.

“지온아, 있잖아.”

솔채가 날 불렀다. 소름이 돋았다. 단둘인 상황에서 대체 무슨 말을 하려는 걸까.

“어?”

“나 그때 엄마 따라 몽골에 가는 게 너무 싫었다? 이렇게 떠나면 우리 사이가 진짜 끝날까 봐 겁났거든.”

“아, 그때…….”

난 서로 불편할 수밖에 없는 얘기를 솔채가 먼저 꺼낸 것에 한 번 놀랐고, 지금 상황과 관계없는 얘기를 아무렇지 않게 해서 한 번 더 놀랐다.

“유성우가 어디서 가장 잘 보이는지 알아? 몽골이래. 그래서 여름이면 몽골 평원에 쏟아져 내리는 유성우를 보러 전 세계 사람들이 모여. 그날 처음으로 몽골에 오길 잘했다고 생각했어. 평생 잊지 못할 광경이었거든. 하늘을 전부 덮을 정도로 많은 유성우가 쏟아져 내리는데 감탄만 나왔어.”

뭐야, 자랑하는 거야? 지기 싫었다.

“나도 봤어. 저번에 페르세우스 유성우 관측할 때.”

“근데 그때 누가 생각난 줄 알아? 네가 떠올랐어. 이 장관을 너랑 같이 보면 왠지 우리 사이도 영원해질 것 같았거든.

그 순간만큼은 그랬어.”

내가 예상한 것과 전혀 다른 방향으로 대화가 흘렀다. 기분이 이상했다. 누군가한테 내가 그런 존재였다는 게 믿기지 않았다. 근데 난 그깟 기싸움이나 하고 있었다니.

“그래서 기뻐. 너와 다시 만나서.”

조금 창피했다. 아니, 좀 많이 창피해서 숨고 싶었다. 나는 그대로인데 솔채는 훨씬 더 단단한 사람이 되어 돌아온 것 같았다.

“그때……, 내가 먼저 말했어야 했는데. 아니, 그러니까……, 미안해. 지금 와서 하는 말이라 더 이상하지만, 그래도 미안해.”

그 짧은 몇 마디를 하면서 두 손을 주머니에 넣었다 뺐다가 맞잡으며 어쩔 줄 몰라 하자, 솔채가 아무 말 없이 내 손을 지그시 잡았다. 짧은 침묵 속에서 말보다 빠르게 진심이 전해졌다. 오래 가슴속에 엉겨 붙어 있던 응어리가 손의 온기를 따라 천천히 풀어졌다. 아무렇지 않은 척 견뎌 온 시간이 그제야 제자리를 찾는 것 같았다.

그때 가로등 불빛이 미처 닿지 못한 공터 쪽에서 누군가 말하는 소리가 들려왔다. 솔채도 들었는지 우리는 서로 눈빛을 주고받았다. 그리고 한 몸처럼 조심스레 다가갔다.

광휘였다. 그 앞에 보늬가 보였다.

"진짜 이렇게 헤어지자고?"

광휘의 목소리에서는 억울함이 묻어 나왔다.

"마음이 바뀔 수도 있잖아."

"아무리 그래도 그렇지. 이렇게 쉽게? 그럼 날 가지고 논 거야, 장난감처럼?"

"무슨 말을 그렇게 해? 내 마음에 솔직해지고 싶을 뿐이야."

"다시 생각해 보면 안 돼? 보늬야, 제발. 내가 더 잘할게."

애원에 가까운 광휘의 말에 보늬가 잠시 눈을 감았다가 뜨더니 힘겹게 입을 열었다.

"진짜 미안한데. 난 진짜 너랑 헤어지고 싶어."

희끄무레한 가로등 불빛에 비친 광휘의 얼굴이 일그러져 보였다. 크게 한숨을 내쉰 광휘가 이쪽으로 고개를 돌렸다. 이런, 눈이 마주쳤다. 광휘가 인상을 쓰더니 발끝에 걸린 돌멩이를 신경질적으로 걷어찼다. 그러고는 어둠 속으로 휘적휘적 사라졌다.

두 사람 사이에 괜히 끼어든 것 같아 난감했다. 그러는 동안 보늬가 우리를 쳐다보고 있었다. 그다지 놀란 것처럼 보이진 않았다. 다만 진이 쏙 빠진 얼굴로 어깨를 축 늘어트렸다.

"무슨 일 있었어?"

보늬에게 다가가 물었다.

"헤어지자고 했거든."

"네가? 왜?"

"광휘를 안 좋아하니까."

보늬가 희미한 미소를 지으며 대답했다. 광휘와 다르게 보늬의 목소리는 시종 담담했다. 걱정한 것처럼 별일은 아니라고 판단한 순간 내 입에서는 안도의 한숨이 새어 나왔다.

하지만 좀 전까지만 해도 별별 상상을 다 하게 만들어 놓고서 기껏 사랑싸움 때문에 이 난리라는 게 괜히 짜증이 났다. 온종일 붙어 다닐 때는 언제고. 그리고 무슨 이별 통보를 이런 데서 하는 건데. 나도 잘 모르겠다. 그 순간 왜 보늬에게 짜증을 냈을까.

"언제는 좋다며?"

"좋아했어. 고백 세트장에서 고백받을 때는 그랬어. 이상하게 그땐 광휘가 평소와 다르게 느껴졌거든. 어른스러워 보이기도 하고 왠지 믿음직스럽기까지 했다고나 할까. 그런데 첫 데이트를 하면서 이건 아니다 싶었어. 다시 생각해 보니까 고백을 받아들인 순간의 감정조차도 진짜가 맞는지 혼란스러웠어. 모든 게 완벽하게 세팅된 공간과 분위기에 맞춰 연기한 것 같았어. 다 가짜 같은 느낌?"

"무슨 소리야? 누구나 좋아하는 사람에게 고백할 땐 자신을 좋게 봐 주길 바라잖아. 그래서 분위기 좋은 장소를 고르고 고백 방법도 고민해서 상대방이 듣기 좋을 말을 하는 거라고. 다들 그렇게 고백을 주고받을 텐데, 네 말대로라면 그렇게 이어진 커플들은 모두 가짜라는 거야?"

흥분해서 말을 쏟아냈다. 음, 조금 지나쳤으려나. 그러려고 그런 건 아닌데 광휘 입장에 서서 말하고 있었다. 어쩌면 현호에게 퍼붓고 싶은 말이었을지도 모른다. 비겁하게 보늬를 핑계 삼아 내 생각을 내뱉고 있었다.

"그건 아닌데. 아, 나도 모르겠어. 남지, 그럼 내가 광휘한테 잘못한 걸까?"

보늬는 여전히 혼란스러워 보였다.

"광휘가 널 진짜로 좋아하는 건 알잖아. 참고 조금 더 만나 보지 그랬어."

"그게 무슨 바보 같은 소리야? 참긴 뭘 참아!"

지금까지 잠잠히 지켜보던 솔채가 버럭 소리를 질렀다. 나는 물론 보늬까지 화들짝 놀랐다.

"누가 날 좋아한다고 해서 무조건 고마워하고 사귀고 참아야 해? 아무도 그런 마음에 보답할 의무는 없어. 내가 그 사람을 좋아하지 않으면 거기서 멈추는 게 맞아."

"어? 그, 그렇긴 하지."

나는 머뭇거리다가 말을 흐렸다. 딱히 대꾸할 말이 없었다. 얼핏 생각해도 옳은 소리였다. 한편으로는 지금껏 잘 보이지 않던 솔채의 진심이 아주 살짝 비쳐 보이는 것 같기도 했다. 솔채는 그런 생각을 하고 있었구나.

우린 밤길을 걸어 숙소로 향했다. 이번엔 둘이 아닌 셋이었다. 겉으로는 평온해 보였지만, 다들 생각이 많아 보였다. 보늬를 힐끔 곁눈질했다. 혼자 사라진 광휘의 뒷모습과 광휘가 어쩔 줄 몰라 하며 보늬한테 매달리던 장면이 잔상처럼 자꾸만 머릿속에 맴돌았다.

달의 뒷면

마당에 들어서기도 전에 떠들썩한 소리가 대문 밖으로 흘러나왔다. 우린 누가 먼저라고 할 것 없이 동시에 걸음을 멈추었다. 솔채는 고개를 갸웃댔고, 보늬는 입을 삐죽였으며, 나는 어깨를 으쓱거렸다.

안 봐도 뻔했다. 마당을 지나 현관문을 벌컥 열었다. 아니나 다를까 커다란 덩어리들이 뒤엉켜 거실 바닥을 뒹굴고 있었다.

"동아리가 장난이냐? 너 들어오고 싶을 때 들어오고 나가고 싶을 때 나가게?"

세준이 바닥에 엎드린 현호의 목을 팔로 감싸안으며 비트는 시늉을 했다.

"형님들한테 허락도 안 받고 말이야. 이건 실드 불가지."

이번엔 수창 선배가 맞장구를 치며 현호의 팔 한쪽을 잡아당겼다. 현호도 마냥 당하고만 있진 않았다. 장난감을 뺏긴 어린애처럼 팔다리를 마구 휘두르며 버둥거렸다.

"어휴, 유치해서 못 봐 주겠네."

해미 선배가 고개를 저으며 쯧쯧, 하고 혀를 찼다. 광휘만 다른 세상에 있는 사람처럼 소파 끝에 앉아 휴대폰을 들여다보고 있었다.

어느새 현호가 두 다리로 세준의 목을 감싸며 역공했다. 세준이 죽을 것 같다고 고래고래 소리를 질렀다.

"아, 악!"

"으하하. 까불지 마라."

현호가 목젖이 보일 만큼 입을 벌리고 웃었다. 오랜만이었다. 조금 전까지만 해도 미워서 꼴도 보기 싫었는데, 현호의 웃는 얼굴은 보고만 있어도 좋았다. 오래 보고 싶을 정도로.

"야! 배광휘. 뭐 해? 도현호 동아리 관두고 공부만 한다더니 어디서 몸 만들어 왔나 봐. 너도 참전해."

수창 선배가 다급하게 광휘를 불렀다. 광휘의 덩치라면 셋

정도는 가뿐히 제압할 수 있었다.

"광휘는 제 편이거든요. 그렇지, 배광휘?"

현호가 광휘를 돌아보며 물었지만, 광휘는 굳은 표정으로 휴대폰만 뚫어져라 바라보았다. 보다 못한 세준이 광휘에게로 손을 뻗었다.

"뭘 보길래 똥 씹은 얼굴이냐? 같이 좀 보자."

"아, 좀!"

광휘가 버럭 소리를 질렀다. 주변의 웃음기가 순식간에 사그라들며 거실 안이 싸늘해졌다. 광휘는 심각한 얼굴로 현호에게 휴대폰을 보이며 말했다.

"현호야, 이것 좀 봐."

그러자 방금 전까지 웃고 있었던 현호의 얼굴도 순식간에 굳었다. 불안감이 온몸을 휘감았다.

광휘의 휴대폰 화면을 힐끔 보고 나는 급히 휴대폰을 꺼냈다. 팔로우 중인 지역 학교 소식 계정에 낯익은 교복의 합성 이미지가 올라와 있었다. 그리고 거기엔 링크 몇 개가 추가되어 있었다. 맨 위의 링크를 타고 들어가니 10년 전 맘카페에 올라온 글이 나왔다.

그 아래로 댓글이 주르륵 달려 있었다.

현호를 가리키는 댓글도 있었다.

어디까지가 사실이고, 어디까지가 거짓인지 구분하기 힘든 소문이 익명의 댓글을 통해 퍼져나가고 있었다. 무책임하고 악의적인 댓글을 겨냥해 발끈한 댓글도 몇 개 있었다.

댓글 작성자 중에 낯익은 닉네임이 보였다. 알콩맘. 알콩맘은 엄마가 자주 쓰는 닉네임이었다. 그러니까 내 태명이 '알콩'이었다. 지금은 알콩과 거리가 한참 멀지만.

알고리즘을 타고 SNS와 커뮤니티에 퍼질 때마다 확실하지 않은 정보들이 사실인 양 적혀 있었고, 사람들은 현호네 아빠보다 유랑 이모와 현호가 누구인지를 더 궁금해했다. 그런 댓글마다 알콩맘의 변호성 대댓글이 달렸다.

대체 누굴까. 10년이나 지난 일을 다시 꺼내 퍼트린 사람은. 그 질문이 머릿속에 떠오르자마자, 머리카락이 쭈뼛 서고 온몸으로 소름이 번져 갔다.

"포기하지 마. 다음 고백 작전도 내가 완벽히 준비해 줄 테니까."

아이라의 조언이 떠올랐다.

나는 떨리는 손으로 인하트 앱을 켜서 아까 아이라가 보낸 고백 시나리오 파일을 열었다. 거기엔 '도현호의 감정 공감도 상승 전략'이라는 제목 아래, 단계별 전략이 정리되어 있었다. 그 첫 번째 단계가 바로 지난 일을 꺼내 현호의 상처에 공감해 주는 것이었다.

시나리오를 훑어 내려갈수록 머릿속에서 경고음이 시끄럽게 울렸다. 금방 해결하지 못할 정도로 복잡한 오류가 내 안에 생긴 것 같았다. 부끄러움, 분노, 죄책감이 한꺼번에 터져 나왔다. 현호의 아픔을 그저 데이터로만 여긴 아이라에게 화가 났고, 결국은 인간이 개발한 시스템일 뿐인 아이라를 철썩 믿었던 나 자신이 어리석게 느껴졌다.

묘해진 분위기에 아이들이 어리둥절한 얼굴로 서로 눈치를 주고받았다.

"이거 진짜야?"

"이게 현호 얘기라고?"

현호는 표정을 잃은 사람처럼 멍하니 소파에 털썩 앉았다. 차라리 화를 내거나 황당해하기라도 하지. 영혼을 도둑맞은 것처럼 껍데기만 남은 모습이었다. 그런 현호의 어깨에 솔채가 조심스레 손을 얹었다.

'현호야……'

입술을 움직여 보았지만, 목구멍이 막힌 것처럼 한 마디도 나오지 않았다. 현호의 절망이 내 숨통까지 옥죄는 것 같았다. 현호가 겹겹이 덮어 둔 기억이, 시간이 매어 둔 족쇄를 풀고 튀어나왔다. 솔채와 달리, 현호한테 손끝 하나 뻗을 용기가 나에겐 없었다.

"짜잔!"

정적을 깨고 현관문이 열렸다. 거기엔 양손에 불룩한 검정 봉지를 든 선생님이 서 있었다.

"근처엔 먹을 게 하나도 없더라. 배달도 안 되고. 편의점 찾는다고 한참 걸렸네."

선생님은 신발을 벗고 들어오자마자 탁자 위에 컵라면과 과자, 음료들을 쏟아냈다. 평소라면 아이들의 환호가 터져야 했지만 다들 아무런 반응이 없었다.

"뭐야, 분위기 왜 이래? 무슨 일 있어?"

분위기를 간파한 선생님이 어리둥절한 표정으로 주위를 훑어보았다. 소파에 앉아 고개를 푹 숙인 현호 쪽에서 시선을 잠시 멈춘 선생님이 해미 선배를 바라보았다.

"잠깐 이야기 좀 하자."

선생님은 건조한 말투로 해미 선배를 데리고 조용히 숙소 밖으로 나갔다.

쿵.

그리고 방문 닫히는 소리가 났다. 현호가 방으로 들어가 버렸다. 꽉 닫힌 방문이 영영 열지 못하는 현호의 마음인 것 같아 슬펐다.

가라앉은 분위기를 띄워 보려는지 세준이 과자 한 봉지를 들고 광휘 옆에 앉아 말을 걸었다.

"배광휘, 오늘 달 볼 수 있겠냐?"

"못 볼 듯."

광휘는 날씨 앱을 한번 보더니 툭 던지듯 말했다. 세준에게 대꾸하면서도, 광휘의 시선은 줄곧 보늬 쪽을 맴돌고 있었다. 보늬가 애써 모른 척 여자 방으로 들어가자 그제야 고개를 들어 보늬가 앉았던 자리를 한참 동안 쳐다봤다. 피곤하다. 왜 내 주변엔 날 불편하게 만드는 사람뿐인 걸까.

그와 상관없이, 이 상황이 누구보다 불편한 건 거실에 남겨진 사람들이었다. 수창 선배는 최선을 다해 분위기를 바꾸려고 대화 주제를 이어 붙였다. 날씨부터 별자리, 운명론, 외계인, 동아리 괴담까지. 수창 선배의 노력 덕분인지 어수선했던 거실도 조금씩 정돈되는 것 같았다. 암묵적으로 현호를 배제하기로 한 것처럼 거실은 다시 왁자지껄해졌다.

얼마 후 선생님과 해미 선배가 돌아왔다.

"자, 아쉽지만 오늘 개기월식은 못 볼 것 같아. 날씨가 참 안 도와주네. 명색의 동아리 활동인데 뭐라도 해야겠지? 관측 일지에 오늘 날씨가 어땠는지, 그래서 어떻게 안 보였는지도 기록해야 해."

선생님의 말에 아쉬운 표정을 감추지 못한 애들과, 그럴 줄 알았다며 바로 자러 들어가는 애들, 이 밤을 이대로 보낼 수 없다며 한쪽 구석에 모여 시시덕거리는 애들까지 제각각 자리를 잡고 앉았다.

그러는 동안에도 남자 방의 문은 수시로 열렸다 닫혔지만, 현호는 볼 수 없었다. 내가 어쩌지 못하는 날씨 때문에 끝내 볼 수 없게 된 붉은 달처럼.

예상과 달리 버스를 타고 돌아가는 내내 현호는 말이 많았다.

"쌤, 어제 붉은 달 못 봐서 아쉬웠어요. 다음에 또 불러 주실 거죠?"

자기 때문에 분위기를 망쳤다고 생각하는 걸까. 과해 보일 정도로 쾌활했다.

어제 선생님은 해미 선배에게 자초지종을 듣고 새벽에 현호를 불러 얘기를 했다. 그러는 동안 밤은 깊어지고 다들 각자 방으로 흩어졌지만, 나는 선생님 방에서 현호가 나오길 기다렸다. 뭘 하려고 했다기보다 그냥 현호가 괜찮은지 보고 싶었다.

밤사이 학교 페이지와 각 반 단톡방에는 현호 얘기로 떠들썩했다. 현호 아빠가 교도소에 갔다는 둥, 현호 엄마가 아직 병원에 있다는 둥, 근거 없는 말들이 떠돌았다.

당장 월요일에 교문을 들어서는 순간 현호에게 어떤 눈빛들이 쏟아질지 뻔했다. 가정 폭력의 피해자, 범죄자의 아들, 아동 학대 피해 소년. 고등학생이 감당하기 힘든 말들이 현호를 둘러쌀 것이고 혐오와 동정, 호기심뿐인 시선들이 예리한 흉기가 되어 할퀴어 댈 것이다. 그런 무책임한 관심이 당사자에게 얼마나 잔인한 짓인지, 나는 너무나 잘 알고 있다.

한 시간쯤 지나자, 현호도 선생님도 눈가가 벌게져서 방을 나왔다. 현호는 나를 힐끗 스쳐볼 뿐 그대로 지나쳐 남자 방으로 들어갔다.

못 본 척할걸. 괜히 무안해져서 후회를 조금 했다.

나는 선생님에게 잘 주무시라는 인사를 건네고는 방으로 들어왔다. 일찍 잠든 보늬 옆에 누웠다. 벽 쪽의 솔채는 모로 누워 있어 등만 보였다. 현호와 우산을 나눠 썼을 때 보았던 아담한 등이었다.

조금 전 현호의 무심한 얼굴과 쓸쓸해 보이는 등이 떠올랐다. 괜찮은 걸까?

그때 뒤집어 놓은 휴대폰에서 빛이 새어 나왔다.

걱정 마. 잘 자.

현호였다. 눈물이 핑 돌았다. 하트 이모티콘을 찍어 보내려다가, 엄지척 이모티콘으로 바꿔 보냈다.

"부르긴 뭘 부르냐? 다음엔 국물도 없거든."

"아직 매운맛을 덜 봤나 본데? 우리가 어제 너무 봐줬나?"

광휘와 세준이 현호를 놀리는 소리에 어젯밤 기억을 헤매고 있던 내 정신이 돌아왔다. 버스 안의 아이들은 아무 일 없었던 것처럼 적당히 시끄럽게 떠들었다. 마치 잠깐의 침묵도 허용하면 안 된다는 무언의 약속이라도 한 듯 버스 안을 웃음소리로 전염시켰다. 현호를 둘러싼 소문을 믿건, 믿지 않건, 모두 각자의 방식으로 애쓰고 있었다.

"쌤, 고생하셨습니다!"

"달을 못 봐서 아쉽네. 다들 집으로 곧장 들어가는 거다."

학교 앞에 도착해 모든 부원이 인사를 나누고 부리나케 흩어졌다. 아직 해가 지기 전인데도 혼자 돌아서서 멀어지는 현호의 뒷모습은 달의 뒷면처럼 어둡고 쓸쓸해 보였다.

따라갈까 싶었지만 발이 떨어지지 않았다.

무너진 진심

낯선 카페에 앉아 망고 요거트 스무디 옆에 놓인 와플을 멍하게 바라보았다.

기분이 가라앉았을 때 유랑에 가서 달콤한 와플을 먹으면 금방 기분이 좋아졌다. 와플이 맛있어서가 아니라 현호가 만들어 줘서 그런 걸지도 모른다. 현호는 나를 위해 메뉴에도 없는 와플을 곧잘 만들어 줬었다.

"무슨 일인데?"

늦게 나타난 태오가 앞자리에 털썩 앉으며, 미리 주문해 놓은 아이스 아메리카노를 벌컥벌컥 들이켰다.

마주 앉은 태오가 낯설었다. 태오한테 고백했던 순간이 떠올라 마음이 불편하게 일렁였다. 동요하는 속내를 들키고 싶지 않아 본론부터 들이밀었다.

"고백 보험. 왜 나한테 하지 말라고 했어?"

야외 관측을 다녀온 뒤, 내 머릿속에는 거대한 물음표가 사라지지 않고 둥둥 떠다녔다. 아이라는 그 사실을, 그러니까 현호 얘기를 어떻게 알았을까?

난 인하트 앱에 현호가 겪었던 일을 입력한 적이 없다. 그런데도 아이라는 "너도 알잖아. 현호가 아빠 때문에 얼마나 힘들어했는지. 그때마다 현호 곁에 있었던 사람이 누구야? 바로 너였어."라며 너무나 태연하게 모든 걸 알고 있는 듯 말했었다. 그제야 내가 그때 느낀 꺼림칙한 감정이 단순한 불안이 아니었다는 걸 깨달았다.

분명 아이라는 내가 알려 준 몇 가지 정보를 바탕으로 현호의 과거를 스스로 찾아냈을 것이다. AI에게 그 정도쯤은 아무 일도 아닐 테니까. 소름이 돋았다.

그 사실을 깨닫고 태오가 한 말이 떠올랐다.

"이제야 그게 궁금해졌냐?"

태오의 비아냥에 눈썹을 찌푸리며 물었다.

"대답이나 해."

태오는 다시 커피를 들이켰다. 얼음만 남은 컵에서 달그락, 소리가 울렸다. 와그작, 얼음을 씹고는 잠깐 생각에 잠긴 듯 하더니, 결심한 듯 입을 열었다. 태오가 풀어 놓은 이야기는 내가 상상했던 것보다 훨씬 더 무거웠다.

"넌 현호가 고백을 받아 주면 다 끝이라고 생각하지? 전에 내가 물어봤었잖아. 고백 보험을 끝까지 믿을 생각이냐고. 내가 우리 누나 얘기한 적 없지? 누나는 눈에 띄지 않는 사람이었어. 아주 평범한. 그런데 대학에 가서 한 남자를 좋아하게 됐지. 인기 많은 선배였어. 하지만 누나도 너처럼 고백할 용기가 없었던 것 같아. 결국 누나는 고백 보험에 가입해서 고백에 성공했고 둘은 커플이 되었지. 문제는 그다음이었어. 누나는 남친의 마음이 진짜인지를 끝없이 의심했어. 조금만 연락이 늦어도 재촉하거나 수십 통씩 전화했어. 함께 있을 때도 남친의 말투 하나하나를 되새기며 자신을 불안하게 만들었던 거야. 그러다가 미행해서 찍은 사진과 언제, 어디서, 누구를 만났는지를 기록한 태블릿의 다이어리 앱을 남친한테 들켰어. 거기엔 맞팔 중인 여사친의 프로필까지 빽빽하게 적혀 있었지. 스토커처럼 말이야. 아니, 스토커가 됐어, 우리 누나는. 당연히 둘은 헤어졌어."

태오의 얘기를 듣고 어떤 기시감이 느껴졌다. 거기엔 현호의 일거수일투족과 말 한마디에 의미를 부여하면서 혼자 상상하고 괴로워했던 내가 있었다.

"너희 누나는 지금 어떻게……."

"무너졌어. 잠도 잘 못 자고, 말수도 줄고. 온종일 방 안에만 틀어박혀 있어. 아예 문밖으로 나올 생각조차 안 해. 자신만의 세계 안에 숨어 살고 있는 사람처럼."

속이 메스꺼웠다. 태오의 한마디, 한마디가 마치 '이게 바로 너의 미래야.'처럼 들렸다. 괜히 태오를 불러냈나 후회도 되었다.

"내가 고백 보험에 가입한 건 어떻게 알았어?"

"체육 쌤이 강당 정리를 시켜서 비품 창고 안에 있었는데, 문 너머로 너랑 어떤 여자애 목소리가 들렸어."

"들었으면 그만이지, 너희 누나 얘기까지 꺼내서 나를 말리는 이유가 뭔데?"

그렇게 묻고 목이 말라 스무디 빨대에 입을 대는데 태오가 특유의 무심한 표정으로 툭 뱉었다.

"미안했으니까."

전혀 생각하지 못했다, 그런 말은.

“캑캑.”

스무디를 마시다가 사레가 들렸지만 태오는 대수롭지 않다는 듯 말을 이었다.

“중학교 때 말이야. 그 일 이후로 너한테 쭉 미안했어. 그때 내가 왜 그랬는지 후회가 돼. 지금 생각해 보면 가만히 있다가는 나까지 놀림당할까 봐 일부러 더 그랬던 것 같아. 애들도 곧 흥미를 잃을 거고, 그러면 너도 괜찮아질 거라고 생각했어. 비겁했지. 그런데 입학식 날, 교실에서 나를 보고 네가 그렇게 놀라는 모습을 보니까 알겠더라고. 넌 아직도 그때 입은 상처에서 벗어나지 못했다는 걸. 괴롭힘이 사라진다고 이미 입은 상처가 함께 사라지는 게 아닌데 말이야.”

나는 입을 꾹 다물었다. 지금은 태오의 말을 가만히 들을 때라는 걸 본능적으로 알았다.

“말리고 싶었어. 내 주변 사람들이 고백 보험으로 무너지는 걸 보고만 있을 수 없었어. 그리고 난처해진 너를 모른 척했던 그때처럼, 같은 실수를 또 하고 싶지 않았어.”

사실은 “이제 와서?”라는 말이 목구멍까지 치밀었다. 자기 마음 편하고 싶어서 부리는 오지랖처럼 들렸다. 하지만 그 말을 꺼내지는 않았다. 태오의 눈빛이 조금 다르게 보였기 때문이었다.

평소와 다르게 온화한 눈빛 안에는 말로 설명할 수 없는 미안함, 후회, 자괴감 같은 감정이 뒤섞여 있었다. 그리고 되돌릴 수 없는 잘못을 스스로 받아들이겠다는 무언의 고백도 담겨 있었다. 이제 담백한 용서와 완전한 미움 중 무엇으로 응답할지는 온전히 나의 몫이 되었다.

태오와 헤어지고 집에 가는 길에 '고백 보험 부작용', '고백 중독', '고백 공격' 같은 단어를 검색했다.

@exgoback
고백 보험 진짜 조심하세요. 전 남친 새끼. 알고 보니 절 만나면서 세 명을 동시에 만나고 있었어요. 고백을 여기저기 퍼부었더라고요. '데이터 지우개 서비스'로 소문을 싹 삭제하면서 수십 명한테 막 껄떡대고. 완전 고백 중독 수준 새끼였죠.

@cjdghsattack
그녀의 청혼을 받고 천천히 고민하고 싶었어요. 제 직장 문제가 걸려 있었거든요. 결단코 그녀와 결혼하고 싶지 않은 건 아니었어요. 그런데 그 망할 드론봇이 계속 답을 재촉하더군요. '바로톡 바로답 서비스'라던데, 그 순간 짜증이 나서 거절 멘트를 보냈어요. 그래서 자존심이 센 그녀가 상처받았나 봐요. 저를 완전히 차단했어요. 전 그저 저만의 속도가 필요했을 뿐인데……. 이렇게 어이없이 헤어지게 되는 걸까요?

@noalgorithmno
고백 보험 추천 알고리즘이 문제야. 엄청 좋아하던 누나가 있었거든? 근데 잘 될 확률이 낮다며 제외시키고 '궁합 95%'라는 사람을 매칭해 주더라고. 누나도 잊을 겸 그냥 고백하고 사귀었지. 근데 일주일도 안 가서 깨졌어. 나중에 알고 보니까 그 누나도 나를 좋아했었대. 내가 왜 그랬을까? 아이라가 하라는 대로 멍청하게 따라 했던 내 선택이 미친 듯이 후회가 돼. 그 누나 다음 달에 결혼한다.

@safetygoodbye
'고백 수락' 버튼을 터치했던 순간으로 돌아갈 수 있으면 영혼이라도 팔 수 있어. 그 사람은 매 순간 나를 소유하려고 해. 내 감정을 통제할 수 있다고 착각하더라. 고백 세트장에서처럼 내가 자신의 시나리오대로 움직여야 직성이 풀리는 사람이야. 헤어지고 싶은데 안전 이별 가능할까? 이별조차 그 사람의 계획에 맞춰야만 할 수 있을 것 같아.

화면을 넘길수록 혀끝에서 쓴맛이 느껴졌다. 스스로 마음을 선택할 기회를 고백 보험에 빼앗긴 사람들이 생각보다 많았다. 누군가는 좋아하는 마음을 고백하는 것만으로도 설레지만, 또 다른 누군가에게 고백은 족쇄가 되어 보험에 의지하는 일을 반복하게 만든다. 차츰 고백 보험이 현실에서 어떤 방식으로 작동하는지 알게 되었다.

집에 도착해서도 고백 보험의 다양한 후기를 찾아보는 걸 그만둘 수 없었다. 그러다가 어떤 글에서 화면을 넘기던 손가락이 멈추었다.

"어? 하리 언니다."

누군가 리포스팅한 하리 언니의 Q&A 영상이었다. '하리의 고백 보험 후기(3:30부터)'라는 짤막한 태그도 붙어 있었다. 처음 보는 영상인 걸 보니 내가 하리 언니 채널을 구독하기 전에 올라온 영상인 것 같았다.

태그가 붙은 영상의 3분 30초 부분을 재생했다.

"이제 네 번째 질문인데요. 요즘 연애 생각 없냐고요? 네. 없습니다! 별님들, 고백데이 이벤트에서 만난 애가 괜찮아 보이더라고요. 그래서 고백 보험을 이용해 고백했죠. 그런데 알고 보니 진상이었어요. 심지어 걔도 저한테 실망을 많이 했대요. 고백 보험은 실패를 막으려고 감정 보정을 꽤 하는 편이니까요. 그걸 알고 바로 해지했어요. 그 뒤로는 누굴 만나는 데 관심이 사라졌어요. 당분간 연애는 쉬어 갈 것 같아요! 차라리 그 에너지로 우리 채널 콘텐츠나 더 신경 쓰려고요. 우리 별님들한테도 그게 훨씬 좋겠죠?"

올라온 지 꽤 된 영상인데도 냉랭한 반응의 댓글이 최근까지 달리고 있었다.

어디서 댓글부대라도 몰려왔는지, 하리 언니는 별말 안 한 것 같은데 지나치게 날 선 반응이 어이없었다. 오히려 당당한 게 매력인 하리 언니에게도 고백 흑역사가 있다는 사실이 반가웠다.

조심스럽게 댓글을 적었다. 오래전 영상이라 바로 보지는 않겠지만, 난 새 영상이 올라올 때마다 발자국 남기듯 댓글 한두 개씩은 꼭 남겨 왔었다.

하리 언니의 Q&A 영상까지 보고 나니 고백 보험을 해지해야겠다는 생각이 확고해졌다. 나는 아이라를 불러냈다.

"고백 보험을 해지하려고."

"정말이야? 다시 생각해 봐. 이제 와서 포기하기에는 그동안의 노력이 너무 아깝지 않아? 현호는 분명 지온에게 강한 호감을 느끼고 있어."

예상대로 아이라의 설득이 시작되었다. 감정도 없는 AI의 말이 가증스럽게 느껴졌다. 예전에는 이 말들이 왜 그렇게 달콤하게 들렸을까? 이번에는 절대 넘어가지 않겠다고 다짐했다.

하지만 아이라는 좀처럼 해지 창을 띄워 주지 않았다. 할 수 없이 인하트 앱의 메뉴에서 해지 창을 찾고 있는데 아이라가 곤란한 말투로 말했다.

"그런데 어쩌지? 의무 가입 기간이 아직 17년 8개월 남았어."

"뭐? 그게 무슨 소리야."

황당한 소리에 고개가 저절로 갸웃거렸다. 언제 이렇게 늘어난 거지? 대체 무슨 생각으로 보험 기간이 늘어나는 걸 보고만 있었던 걸까. 그 순간 온몸이 굳었다. 잠깐, 그게 아니었다. 나는 그때마다 약관을 읽지도 않고 '다음'과 '확인'을 터치하기 바빴다. 내 발목에 스스로 족쇄를 채우는 줄도 모르고.

"다른 방법은 없어?"

"걱정하지 마. 의무 가입 기간에 해지할 방법도 있으니까. 원한다면 알려 줄게."

"뭔데? 빨리 말해 줘."

"데이터 담보를 제공하면 돼."

"데이터 담보?"

"그래. 보험 가입 후 지금까지 쌓인 지온의 데이터들이지. 지온의 말, 지온의 표정, 지온의 습관, 지온의 취향, 지온이 사랑하는 것들까지. 내가 파악한 전부 말이야."

"그, 그런 걸 모아두고 있었어?"

"계약서에 지온이 제공한 정보들이 담보로 저장된다고 적혀 있었는데, 약관 확인하지 않았어?"

그 말을 이해하는 데 몇 초가 걸렸다. 그제야 심장이 철렁 내려앉으며 머릿속이 새하얘졌다.

찾았다, 마녀

강당 뒤뜰의 마른 잎들이 차가운 바람에 실려 정신없이 흩날렸다. 내 머릿속만큼이나 어지러운 풍경이었다.

어제 아이라와의 대화 이후 머리가 쪼개질 것 같았다. 18년 동안 보험을 유지하든가, 담보로 맡긴 개인정보를 내놓으라고? 개인정보가 어디에, 어떻게 쓰일 줄 알고 그걸 함부로 내 줘.

모르는 사람들에게 사생활이 까발려질 수도 있고, 내 정보가 다른 나라에 팔려 세계인의 공공재처럼 쓰이거나 범죄에 악용될 수도 있다. 어쩌면 내가 모르는 사이, 세계적인 사기꾼이 되어 있는 건 아닐까.

으악, 소름! 그게 아니면 18년 동안 따박따박 보험료를 바쳐야 하는데, 그건 더 말이 안 되지.

물론 고백 보험을 안전하게 해지할 방법이 있다. 그건 바로 고백에 성공하는 것. 그러면 의무 가입 기간과 상관없이 해지할 수 있으니까. 그렇지만 그건 이제 내가 싫다. 더 이상 '고백무새'가 되고 싶지는 않다.

"휴……."

한숨이 저절로 나왔다.

"내 말 듣고 있어? 무슨 일 있는 거야?"

옆에서 보늬가 조심스럽게 물었다. 나는 번뜩 정신이 들어 서둘러 대꾸했다.

"어, 어. 듣고 있지. 광휘랑 얘기했다고?"

"응. 얘기 잘했어."

광휘랑 완전히 끝냈다는 말이었다. 시원섭섭한 표정이란 이런 걸까. 지금 보늬의 표정이 딱 그랬다.

"광휘가 뭐래? 안 싸웠어?"

솔채가 보늬 쪽으로 몸을 틀어 물었다. 혼자 시간을 보내던 곳에 이제는 보늬와 솔채까지 함께였다. 보늬와 솔채는 야외 관측 이후 부쩍 가까워졌다. 그럼 둘이서 놀면 되지,

나를 꼭 둘 사이에 끼운다.

화해는 했지만, 그렇다고 솔채와 나의 사이가 단숨에 가까워지지는 않았다. 그래도 신기하긴 하다. 솔채와 영원히 어색할 것만 같았는데 깡깡 언 마음이 조금씩 풀려 갔으니까. 가끔은 중학생 때의 솔채와 나로 되돌아간 듯한 순간들이 불쑥 찾아오기도 했다.

"전혀. 광휘 착한 거 알잖아. 그냥 서로 서툴렀던 것뿐이야."

보늬는 마음이 앞섰던 광휘와 중심을 잡지 못하고 오락가락했던 자신의 짧은 연애를 서툴렀다는 한마디로 정리했다.

그러고 보면 서툴지 않은 관계가 있을까. 각자의 궤도를 돌던 두 사람이 정확하게 일치하는 순간은 개기월식이 일어나는 시간만큼이나 짧을지도 모른다. 완벽하지 않은 관계여서 좋은 기억이든, 그렇지 않은 기억이든 서로의 마음에 더 깊이 남을 것이다.

"에구, 맘고생 많았어."

보늬의 등을 두드려 주었다. 고백데이에 커플 데이트할 생각으로 설렜던 순간이 떠올라 괜히 머쓱했다. 지금 생각하니 참 가소로운 상상이었다. 이렇게 한꺼번에 와장창 깨질 줄도 모르고.

"근데 있잖아. 여준 쌤, 우리 학교 졸업생인 거 알고 있었
어?"

솔채가 굉장한 비밀인 양 작은 목소리로 내게 물었다.

"맞아. 나도 그렇게 들었어. 넌 어디서 들었어?"

"경비실 할아버지가 그러던데?"

보늬가 고개를 갸웃거렸다.

"너, 할아버지랑 친해?"

"어제 어린 길고양이가 교문 옆에 비틀대고 있어서 내가
동물병원에 데려갔거든. 그때 도와주시면서 말을 걸어 주셨
어."

"무슨 대화를 했길래 여준 쌤 얘기가 나온 거야?"

보늬가 다시 묻자, 솔채가 기억을 떠올리듯 고개를 살짝
기울였다.

"10년도 더 전에 종종 다친 길고양이를 구조해 보살폈던
학생이 있었는데 그 학생이 올해 선생님이 돼서 인사하러
왔대. 그럼 여준 쌤 맞잖아? 아무튼 할아버지는 그때 쌤 이
름을 마법사인가, 마녀인가? 아무튼 그거랑 비슷하게 들으
셨대."

민박집에 고양이 간식을 챙겨 왔던 선생님이 떠올랐다. 선생님이 스쳐 지날 때 풍겼던 싸한 냄새와 함께. 순간 머릿속에서 번쩍 무언가가 스쳤다.

난 자리에서 벌떡 일어나 소리쳤다.

"야!"

"깜짝이야! 왜 그렇게 소리를 질러?"

보늬가 가슴에 손을 얹으며 나를 쳐다보았다.

"쌤이 몇 살이지?"

"저번에 우리랑 띠동갑이라고 그랬으니까, 스물아홉?"

나는 얼른 휴대폰을 꺼내 검색했다.

"이럴 줄 알았어! 12년 전 개기월식 때 뜬 달이 엄청 크고 붉었대!"

"그게 왜?"

보늬가 물었지만, 대답 대신 본관으로 곧장 달려갔다. 보늬와 솔채는 영문도 모른 채 숨을 헐떡이며 날 따라왔다. 마침 교무실 앞에서 선생님과 마주쳤다.

"헉, 헉. 쌤 맞죠?"

"그래. 내가 네 선생이다. 그게 왜?"

"아니요. 그게 아니라. 헉헉. 쌤이 마녀 맞죠?"

선생님은 대체 무슨 말을 하는 건지 이해가 가지 않는다는 표정으로 나를 바라보았다. 숨을 고르면서 보늬와 솔채를 돌아보고 말을 이었다.

"12년 전 우리 학교 학생이었던 마여준."

"그게 왜?"

솔채가 어깨를 으쓱했다.

"쌤의 별명은 마여준, 마녀준, 마녀! 쌤 맞죠? 그리고 쌤한테 풍기는 냄새가 뭔지 너희 모르겠어?"

내 질문에 보늬가 헛웃음을 터트리더니 선생님이 입고 있는 가운에 코를 대고 냄새를 맡는 시늉을 했다.

"그게 쌤이라고? 킁킁, 이거 알코올 냄새 아니야? 과학실 냄새잖아."

대체 무슨 일인지 파악하려고 선생님의 눈동자가 빠르게 돌아갔다. 나는 회심의 미소를 지었다. 그리고 검지를 쭉 뻗어 선생님이 들고 있는 관측 노트를 가리켰다.

"결정적으로, K, M, J!"

솔채가 그게 뭐냐고 물었다. 나는 마치 코난에 빙의한 것처럼 선생님의 눈을 똑바로 바라보며 외쳤다.

"선생님! 그 노트 뒤에 적힌 글씨요. MYJ 하트 KMJ에서

KMJ가 김민재 맞죠? 붉은 달 괴담의 주인공!"

그러자 선생님이 웃음을 터뜨렸다.

"뭐? 아, 그 얘기구나. 하하. 제법인데? 그래, 맞아. 내가 바로 그 마녀다."

"꺅!"

"으하하!"

보늬는 비명을 터뜨렸고, 솔채는 이 상황이 재밌다는 듯 소리 내어 웃었다.

"내가 더 황당하거든? 이렇게 듬직한 마녀 봤냐? 남지온의 추리대로 내 별명이 한때 마녀였거든. 아무리 그렇다고 해도 내 소중한 추억이 어쩌다 괴담으로 둔갑되어서는……."

투덜대는 말투였지만 선생님의 눈가에는 웃음이 가득 번졌다.

"그럼 김민재를……, 아니, 그분은 어디로 사라진 거예요?"

"하하하!"

선생님은 쑥스러운 듯 뒤통수를 긁적이며 웃다가 다시 입을 열었다.

"내가 민재를 엄청 좋아했거든. 민재는 여자애들 사이에서도 유독 조용한 편이었는데, 난 그게 좋았어. 그때 난 과학부 회장이었고 민재는 부회장이었지. 과학부원이 많지 않았거든. 우린 방과 후 시간을 과학실에서 주로 보냈어. 그런데 갑자기 전학을 간다는 거야. 그것도 아주 멀리. 그래서 고백했지. 그날이 개기월식이 있는 날이었어. 꼭 함께 보기로 약속했었거든. 민재가 다음 날 바로 떠날 줄은 나도 몰랐어. 그날 이후로 민재를 본 사람이 없었던 건 당연해."

이해가 되지 않았다.

"곧 떠날 걸 알면서 왜 굳이 고백을 해요? 어차피 사귀지도 못할 텐데."

"사귈 목적이었다면 고백할 필요가 없었겠지. 근데 나는 그냥 알려 주고 싶었어. 너를 이만큼 좋아하는 사람이 있다고. 그게 바로 나라고."

"그게 다예요? 고백한 이유가?"

"진심을 전했으면 됐지, 다른 이유가 더 필요할까? 어차피 다른 사람의 마음은 가질 수 있는 게 아닌데?"

그 말을 듣는 순간 머릿속이 멍해졌다. 그동안 뭔가를 단단히 착각하고 있었다는 사실을 깨달았다. 내가 당혹스러워하는 기색이 보였는지, 선생님의 시선이 잠깐 내게 머물렀다.

"그런데 결국 다시 만나게 되신 거죠? 관측 노트에 하트가 아직 있는 걸 보면요."

보늬가 뭔가 알고 있다는 듯 씩 웃으며 물었다.

"하하. 인생이란 정말 모를 일이야. 자, 난 수업이 있어서 이만. 너희들도 얼른 교실로 가야지."

나와 보늬 사이를 가로질러 지나는 선생님에게서 알코올 냄새가 풍겼다. 복도를 걷던 선생님이 뭔가 생각난 듯 갑자기 휙 돌아서서는 내 옆에 와서 속삭이듯 말했다.

"그때의 나는 오르트 구름 너머로 날아가는 보이저 1호와 같았어. 어디에 도착할지 모른 채 미지의 세계로 향하는 나의 고백이, 불확실해서 더 신비롭고 더 자유롭다고 여겼으니까. 실제로 내 앞에서 민재가 떠났는데도, 내 고백은 아직 진행 중이라고 믿고 있었거든."

무슨 말인지 도통 모르겠지만 어쨌든 오늘따라 선생님의 알코올 냄새가 괜히 달콤하게 느껴졌다.

고백 챌린지를 시작합니다

메시지 입력창에 몇 번이나 썼다가 지웠다. 고백 보험 해지보다 더 중요한 게 있었다. 바로 현호에게 사과하기다.

그러나 어떤 문장을 써도 공허해 보였다. 전화를 걸까, 아니면 직접 만나서 말해 볼까를 고민했지만 모두 아닌 것 같았다. 어떤 방식으로도 나의 진심이 현호의 마음에 닿을 것 같지 않았다. 어쩌면 진심 어린 사과에는 미안한 마음을 넘어서는 어떤 자격이 필요한지도 모르겠다.

그때였다. 하리 언니 채널의 새 영상이 올라왔다는 알림이 떴다. 짧은 영상의 제목에는 '#밸런스고백, #커플챌린지, #고백송'처럼 못 보던 해시태그도 있었다.

영상을 재생하자 요즘 가장 핫한 아이돌의 고백송이 흘러나왔다. 달콤한 멜로디에 맞춰 하리 언니가 가볍게 춤을 추기 시작했고, 화면 위로 통통 튀는 자막이 튀어나왔다.

두근두근 밸런스 고백

♥나랑 별자리 이름 맞히기 vs
88개 별자리 이름 외우기♥

♥나랑 플라네타리움에서 커플 사진 찍기 vs
한겨울에 천체망원경 들고 야외 관측하기♥

♥나랑 따뜻한 라테 마시면서 달빛 데이트 vs
밤새도록 은하수 별 개수 세기♥

영상 속 발랄한 분위기에 마음이 들썩거렸다. 1분 남짓이 이렇게 짧을 줄이야. 하리 언니의 '밸런스 고백' 영상에는 '좋아요' 수가 빠르게 늘어났고, 댓글도 줄줄이 달렸다.

> ㄴ 아, 이런 고백 받고 싶다. 최준우, 보고 있지?
>
> ㄴ 나도 여친이랑 같이 찍어야지.

휴대폰을 멍하니 바라보았다. 하리 언니는 왜 이런 영상을 올렸을까. 좀 당황스러웠다. 영상 설명이 눈에 들어왔다.

'고백 흑역사는 그만 잊어요. 이제 새로운 빛으로 반짝이면 돼요!'

기분이 묘했다. 어쩌면 내가 쓴 댓글을 보고 나한테 전하는 말일지도 모른다는 생각이 들었다.

얼굴에 미소가 지어졌다. 2년 전에 내 고백은 웃음거리로 끝났지만, 지금은 사람들을 설레게 만들고 있다. 그때 일을 떠올리면 여전히 마음 한구석이 불편했지만, 새로운 빛으로 반짝이면 된다는 하리 언니의 말대로 가슴 어딘가에 쌓인 응어리가 조금씩 풀리는 것 같기도 했다.

어쩌면 고백 보험 때문에 생긴 문제를 바로잡을 수 있을지도 모른다. 그러니까 어쩌면……, 말이다.

드디어 고백데이

드디어 인하트의 메인 이벤트, 고백데이 날이 밝았다.

번화가 한복판의 전광판에서는 아이돌을 앞세운 홍보 영상이 재생되었고, 지하철역과 버스, 도심 곳곳의 눈에 띄는 자리마다 대형 포스터가 붙었다. 마치 세상의 모든 사람이 이날만을 손꼽아 기다리는 것처럼 보였다.

'고백데이의 개막을 선언합니다. 회원님들은 이벤트 룸으로 입장해 주십시오.'라는 알림 메시지가 떴다. 난 소울링크를 착용하고 인하트에 접속했다.

이벤트 룸 입구에는 10대 존과 성인 존으로 들어가는 두 개의 포털이 나란히 떠 있었다. 10대 존으로 발을 들이자마자 확 트인 세트장이 보였다. 몸을 들썩이게 만드는 비트가 쿵쿵 울렸다. 공중에는 '지상최대의 고백 이벤트에 오신 걸 환영합니다!'라고 적힌 홀로그램 문구가 떠올랐다.

이날만큼은 고백용 아바타뿐 아니라, 다양한 부캐릭터 아바타를 제한 없이 사용할 수 있다. 고양이 귀로 귀여움을 과시한 아바타나 걸을 때마다 금빛 가루가 흩날리는 아바타, 120가지 모습으로 순간순간 달라지는 아바타 등 유료 스킨으로 한껏 꾸민 아바타들이 가상 세계를 활보했다.

아바타의 머리 위에는 하트의 개수가 표시되었다. 다른 아바타가 마음에 들면 '심쿵 버튼'을 터치해 호감을 표현할 수 있었고, 그럴 때마다 하트 수가 하나씩 늘어났다. 이렇게 쌓인 하트의 개수를 '심쿵 지수'라고 불렀다. 심쿵 지수가 높을수록 인기가 많다는 뜻이라 일종의 인기투표인 셈이다.

거기서 흰 티셔츠에 청바지를 입은 내 기본 아바타는 투명 인간이나 마찬가지였다. 당연히 아무도 내게 심쿵하지도 않았다. 현실이건, 가상이건 누군가에게 잘 보이려면 어쨌든 꾸며야 하는 걸까. 그대로의 나로는 안 되는 걸까. 입장과 동시에 주눅이 들었다. 하지만 고백 티켓을 사려면 스킨에 돈을 쓸 수가 없다.

실시간 공지 사항이 끊임없이 올라왔다.

[공지] 현재 204,325명 참가 중!
[공지] StarBoy99 고백 티켓 판매량 1위!
[이벤트] 〈커플 스토어〉 부스에서 고백 캐시 증정 이벤트 중!
[공지] 3분 뒤 〈고백 스테이지 존〉 입장 시작!
[공지] 지상최대의 고백 이벤트에 오신 걸 환영합니다!

"이제 3분 뒤면 시작이야!"

마라톤을 뛰는 것처럼 심장이 뛰었다. 이제 나는 17년 내 인생 최대의 베팅을 하려고 한다. 꿈꾸던 커플 데이트를 포기하는 대신 고백 보험의 위험성을 알리기로 마음먹은 것이다. 더 이상 누군가를 좋아하는 마음이 약점이 되어서는 안 된다.

'고백 스테이지 존'으로 향하는 길목에는 화려하게 장식한 부스들이 줄지어 있었다. '고백 캐시 교환소', '버추얼 기프트 숍', '하트 마켓', '커플 스토어'처럼 고백 이벤트를 즐기는 데 필요한 각종 아이템이나 특수 기능, 강화 효과를 살 수 있는 곳이었다. 사람들이 자신도 모르게 돈을 쓸 수밖에 없도록 만들어 놓았다.

중앙 광장인 ‘고백 아레나’가 나타났다. 수백 개의 VR 스포츠, 게임, 체험 존들이 빼곡히 들어선 이곳은 이벤트 참가자들이 각자의 매력을 뽐내는 곳이었다. 그러다가 맘에 드는 아바타를 만나면 바로 고백으로 이어지기도 했다.

‘고백 아레나’를 지나 ‘고백 스테이지 존’ 입구에 도착했을 때 누가 말을 걸었다.

“남지! 왜 이렇게 늦었어?”

보늬였다. 그 옆에 솔채도 있었다.

“솔채야, 너도 가입했어?”

“아니. 보늬 따라서 패스 결제했더니 새벽 배송으로 소울 링크도 보내 주더라.”

며칠 전에 보늬는 광휘와 헤어진 김에 고백데이 한정 패스라도 사서 구경하면 안 되겠냐고 했다. 그사이에 솔채까지 꼬시다니.

우리는 곧장 ‘고백 스테이지 존’ 안으로 입장했다. 공개 고백을 할 수 있는 무대가 가장 먼저 보였다. 이곳에서의 공개 고백은 단순한 고백 보험 체험이 아니다. 이 무대 위에서 고백을 받는 순간, 누군가는 스타가 된다. 고백데이는 단 하루지만, 그 주인공의 SNS 팔로워 수는 폭발적으로 늘어나고 화제성으로 인해 광고나 협찬 계약 제안도 받는다. 눈 깜짝할 사이에 인플루언서가 될 수 있는 것이다. 그러다 보니 아이돌 연습생들이 데뷔 전 홍보를 위해 참가해서 위장 고백을 하는 경우도 있다.

눈앞의 거대한 스크린에는 사전에 뽑힌 참가자 열 명의 홍보 영상이 재생되었다. 보늬는 그중에서 은빛 머리칼 소년을 가리켰다.

"난 쟤가 맘에 드는데?"

나도 눈여겨봤던 참가자다. 길게 뻗은 팔다리로 만들어 내는 춤선이 예쁘고, 미성의 목소리로 노래도 곧잘 불렀다. 머리 위의 심쿵 지수가 쉼 없이 올라가는 걸 보면, 내 마음뿐 아니라 다른 사람들의 마음도 사로잡고 있는 게 틀림없다.

이 정도면 고백 영상 조회수도 백만 뷰는 쉽게 나올 것이다. 지금까지 소개된 참가자 중에 이 아이만큼 화제성이 보장된 인물은 없었다. 문제는 그만큼 경쟁도 치열하다는 것이다. 은빛 머리칼 소년에게 고백하려고 줄 선 아바타만 해도 어림잡아 수천 명은 되는 것 같았다.

나는 전략을 바꿨다. 은빛 머리칼을 포기하고 심쿵 지수가 가장 낮은 참가자를 선택했다. 자신감을 넘어 거만해 보이는 눈빛과 과장된 미소가 딱 봐도 자뻑이 심한 비호감이었다. 의외로 심쿵 지수가 낮은 참가자의 고백 영상 조회수도 높게 나오는 편이다. 이런 나르시시스트에게 대체 누가 고백하는 건지 몹쓸 호기심을 가진 사람도 많기 때문이다.

심쿵 지수가 가장 낮아도, 자뻑 소년에게 고백하기 위해 몰려든 아바타는 300명은 족히 되는 것 같았다. 이 중에서 실제로 고백할 기회를 얻을 수 있는 사람은 고작 세 명뿐이었다.

"좋아. 자뻑 소년, 너로 정했어!"

고백을 하려면 고백 티켓을 구매해야 한다. 하지만 티켓 값이 따로 정해져 있지 않다. 비싼 값을 치를수록 당첨 확률이 높아지는 경매 시스템이 적용되기 때문이다. 쉽게 말해 돈으로 확률을 사는 것이다.

"얼마를 쓰지?"

그동안 현호에게 부지런히 까이고 받은 고백 캐시는 15,000포인트였다. 여기에 빵을 포기하며 모은 용돈으로 충전한 캐시를 합치니 총 22,000포인트. 하지만 이걸로는 당첨 확률이 고작 40퍼센트밖에 되지 않았다.

"에계? 이것밖에 안 돼?"

다른 애들은 대체 얼마를 쏟아붓는 걸까? 이러다가 돈만 날리게 생겼다. 그때였다.

"남지, 남지! 이거 받아."

보늬가 무려 30,000포인트를 넘겨주었다.

"솔채랑 이거 벌었어. 아침부터 미션 수행해서 추가 캐시도 벌고, SNS 댓글 이벤트랑 공유 이벤트 보너스까지 다 챙겼거든. 거기에 용돈을 더 보태서 충전한 거야."

"와, 의리 미쳤는데? 으하하."

하트 이모티콘을 마구 쏘았다. 한편으로는 아무 대가도 없이 도움을 받은 것 같아 마음이 쓰였다. 대신 이 고마움은 멋진 무대로 갚기로 마음먹었다. 친구들도 분명 그걸 원할 테니까.

그렇게 모인 52,000포인트를 지불하고 '결제' 버튼을 터치했다. 고백자로 뽑힐 확률이 92퍼센트로 뛰었다.

좋았어! 이 정도면 해 볼 만하다.

초조하게 결과를 기다렸다. 그리고 마침내 세 명의 고백자 중 한 명으로 내가 뽑혔다. 안도의 한숨이 새어 나왔다. 그러나 진짜 시작은 지금부터다.

한 명씩 자기소개와 함께 미리 준비한 영상을 틀었다. 한

명은 유명한 인플루언서였고 다른 한 명은 밴드 오디션 프로
그램에서 최후의 10인까지 올랐던 드러머였다. 둘 다 고백을
빌미로 자신을 홍보하러 나온 참가자였다. 두 사람 모두 인
지도가 꽤 있었다. 그 덕분에 실시간 라이브 조회수가 쭉쭉
올라가더니, 순식간에 만 명에 육박했다. 만 명 중에 한 명이
라도 내 얘기에 귀 기울여줬으면 좋겠다.

내 차례가 되었다. 무대 위로 올라서는 순간 조명이 눈부
시게 쏟아졌다. 가슴이 쿵쿵 뛰고, 손바닥은 이미 땀으로 젖
어 있었다.

나에게 주어진 시간은 단 3분. 남들과 똑같았지만, 과연
그 3분을 온전히 쓸 수 있을지는 확신할 수 없었다.

숨을 깊게 들이마시고 미리 준비한 영상을 띄웠다. 스크린
가득 경쾌한 고백송이 흘러나왔다. 하리 언니의 고백 챌린지
영상에 쓰였던 바로 그 음악이었다. SNS를 뜨겁게 달구고,
인기 아이돌도 한 번씩 따라 했던 그 영상이 화제가 되는 걸
보며 결심했었다.

"그래, 한번 해 보자."

다른 사람의 눈에는 초라한 기본 아바타가 무대에 선 것
처럼 보였을 것이다. 내 주변으로 나의 인하트 계정명인 '레

드베리’ 네 글자가 둥둥 떠다녔다. 잠시 후 음악 비트에 맞춰 자막이 하나씩 튀어나왔다.

누가 봐도 고백 보험을 비판하는 내용이었다.

스크린에 비친 아바타가 언뜻 보였다. 뚝딱거리며 춤추는 내 모습이 보기 힘들 만큼 민망했다. 이번에도 웃음거리가 되면 어쩌나 걱정도 되었다. 그래도 해 보는 거다. 내가 이래야만 하는 까닭이 더 많은 사람들에게 전해지길 바라며.

그리고 이 챌린지는, 현호에게 전하는 나의 진심 어린 사과이기도 했다.

#고백보험해지운동

비록 자백 소년의 선택은 받지 못했지만, 나의 챌린지 영상은 예상보다 훨씬 빠르게 퍼졌다. SNS는 물론 온라인 커뮤니티, 유튜브 채널 등에서 공론화가 되기 시작했고, 심지어 방송국에서도 연락을 받았다. 곧 청소년들의 개인정보를 부당하게 수집하고, 과도한 금전 지출을 부추기고 있다는 고백 보험의 부작용이 알려졌다.

어떻게 알았는지 한 탐사 보도 프로그램에서도 집요하게 연락해 왔다. 고민 끝에 겨우 수락한 인터뷰가 방송된 다음 날, 학교가 뒤집어졌다. 변조된 목소리가 워낙 끔찍해서 아무도 모를 거라고 생각했는데, 내 뒤로 한방 태권도장의 도

복을 입은 아이들이 양손 브이를 흔들며 지나갔기 때문이다.

아……. 그냥 봐도, 고개를 돌려 봐도, 물구나무를 서서 봐도, 눈 감고 봐도, 우리 동네였다. 레드베리가 나라는 건 보늬와 솔채밖에 모른다. 다행히 두 사람은 그 비밀을 지켜 주었다. 어떨 때는 그 마음이 너무 과해서 누가 말이라도 걸려고 하면 나를 아무도 없는 곳으로 끌고 갔다.

"남지, 제발 조심해."

보늬가 내 손목을 놓으며 속삭이듯 말했다.

"맞아. 레드베리가 우리 학교 1학년 애라는 소문이 다 퍼졌다고."

이번엔 솔채가 엄청난 비밀인 것처럼 말했다.

그동안 '#고백보험해지운동'이라는 해시태그가 사용자들의 알고리즘을 평정했다. 고백 챌린지를 퍼트렸던 하리 언니도 내 챌린지 영상의 리액션 콘텐츠를 올려 고백 보험 해지 운동에 불을 지폈다. 그렇게 난 고백 챌린지의 창시자이자, 고백 보험을 저격한 열사가 되어 있었다.

하지만 현실의 나는 평범한 고등학생일 뿐이었다. 세상을 뒤바꿔 보겠다고, 어떤 대단한 각오를 하고 벌인 일이 아니었다. 누군가에게 마음을 전하는 경험만큼은 정당해야 한다.

너도 거기에 목매지 않았느냐고 지적하면 할 말은 없지만, 나도 당하고 나서야 알았는데 뭘.

문제는 고백의 성패 따위가 아니었음을 너무 늦게 깨달았다. 난 한 번도 상상해 본 적 없는 세상에 발을 들였다. 고백 보험의 원천 무효와 보상을 요구하는 사람들은 온라인 카페와 오프라인 모임을 만들고 집단 소송을 준비했다. 카페 회원 중에 유명 로펌 소속의 변호사가 있어서 그 과정을 도와주었다. 나도 카페에 가입했다. 곧 생각보다 많은 피해 사례가 있었다는 걸 알게 되었다.

제도적인 예방 장치를 마련해야 한다며 한 국회의원이 관심을 보였고, 청문회도 추진되었다. 연이어 관련 보도가 쏟아졌고 그럴수록 나의 마음은 쪼그라들었다. 뭔가 엄청난 일이 벌어지고 있는 것 같았다.

매일 새롭게 밝혀지는 사실들은 매우 충격적이었다. 현호처럼 직접 입력하지 않은 정보를 멋대로 수집해 고백 작전에 활용한 경우뿐 아니라, 서비스 종료 후 폐기되어야 할 데이터로 인공지능을 학습시키고 있었던 것이다. 게다가 고백을 돕는 서비스를 넘어 인공지능이 상대방의 감정을 조작해 고백 보험의 실적을 인위적으로 높이기도 했다.

재판을 앞두고 뉴스에 출연한 집단 소송 대리인은 법정에서 고백 보험의 불법성이 인정된다면 약정 계약 무효 조치뿐만 아니라 가입자를 대상으로 합당한 배상이 이루어져야 한다며 강한 어조로 말했다.

카페 회원들은 각자 인하트 앱의 불법성을 입증할 만한 증거자료를 모았다. 앱 개발 일을 하고 있다던 회원은 인하트 앱이 휴대폰의 주소록과 메신저, 사진첩을 열람한 로그 기록이 남아 있다며 직접 확인할 방법을 공유했다.

내 인하트 앱에도 아이라와 나누었던 대화가 그대로 남아 있었다. 로그 기록에는 아이라와 대화를 나누는 동안 인하트 앱이 수시로 메신저와 앨범에 접속한 시간대가 저장되어 있었다. 결국 고백 시나리오는 내가 직접 입력한 정보뿐 아니라, 내 휴대폰을 뒤져 긁어모은 기록으로 만들어진 셈이었다.

소송은 더디게 진행되었다. 그러는 사이에 사람들의 관심은 유명 배우의 음주 운전 기사와 아이돌의 열애 기사로 옮겨 갔다. 고백 보험 관련 기사에 '바보 같은 싸움이다.', '계약했으면 지켜야지.', '본인이 선택한 거잖아.', '약관에 수락했으면 불법은 아니지.'와 같은 비난 댓글이 꾸준히 달렸다.

인하트 측에서는 그런 여론에 힘입어 약관을 확인하지 않은 사용자들이 잘못했다는 논리를 펼쳤다. 실제로 약관 맨 아래에는 담보로 잡힌 개인정보를 인공지능 학습에 사용할 수 있다는 문구가 작게 적혀 있었다. 그런 점에서 약관에 동의한 내가 이기기 쉬운 싸움은 아니었다.

그럼에도 불구하고 카페 회원 수는 꾸준히 늘어났다. 늘어난 약정만큼 데이터 담보가 잡혀 고백 보험을 마음대로 해지하기 어려웠기 때문이다. 소송에 참여하겠다는 사람도 더 많아졌다. 결국 인하트 측은 울며 겨자 먹기로 약정을 면제해 주겠다며 한발 물러섰다. 안 그래도 그동안 보험료 내느라 빵도 아껴 사 먹었는데 이거라도 어디냐 싶었다.

그때 목뒤가 뜨거워졌다. 난 고개를 절레절레 저었다.

"뭐래, 남지온. 제 정신이야?"

그깟 빵값에 마음이 흔들리다니. 저쪽은 이거나 먹고 떨어지라는 속셈이었을 텐데, 진짜 먹고 떨어질 생각을 한 내가 실망스러웠다.

난 이를 꽉 물고 마음을 다잡았다.

"흐지부지는 안 돼. 사과받을 때까지 물러서지 않을 거야."

아, 현호랑은 어떻게 됐느냐고?

오르트 구름 너머

현호는 잘 지내지 못했다. 내가 볼 땐 그랬다.

학교에서 현호 얘기가 들릴 때마다 난 직접 나서서 사실을 바로잡으려고 애썼다. 하지만 소문이 전부 거짓은 아니었기에, 반박하다 보면 사람들은 '그것 봐. 그거는 맞잖아.' 하는 식으로 기정사실화하기 일쑤였다.

그나마 소문이 들끓었을 때는 아니라는 해명이라도 할 수 있었지만, 사람들의 관심이 가라앉자 더 이상 해명할 기회조차 사라져 버렸다. 그사이 누군가는 현호네 가족을 둘러싼 소문을 사실처럼 믿었다.

그래도 현호는 내색하지 않았다. 오히려 일부러 대수롭지 않게 넘기거나 웃어 보이며 대응하지 않았다. 난 그런 현호에게 마음이 더 쓰였다.

아, 물론 나도 그런 마음을 내비치며 현호에게 일부러 다가가거나 하지는 않았다. 고백 보험 해지 전과 후의 나는 다르기 때문이다. 누군가를 좋아한다는, 뭐 그런 감정을 느껴본 게 전생인 것만 같다. 허허. 일단은 그렇다.

기말고사가 일주일 앞으로 다가왔다. 한때 고백에 미치는 바람에 수직 낙하한 중간고사 성적을 만회하려면, 정신을 바짝 차려야 했다. 혹시 지금부터 내신을 관리하면 현호가 가려는 정원대에 원서라도 내 볼 수 있지 않을까, 하고 실낱같은 기대도 품어 보았다.

하지만 공부를 하면 할수록 굳이 대학까지 현호를 따라가야 할 필요가 있을까, 하는 의문이 고개를 들었다. 절대 내 성적과 정원대 커트라인 사이의 아득한 거리감을 두고 하는 소리는 아니다.

한밤중이 되어서 스터디 카페를 나왔다. 원래는 보늬, 솔채와 동네 스터디 카페를 다녔는데 수다보다 공부를 더 오래 할 자신이 없었다. 그래서 일부러 지하철로 두 정거장 떨어진, 아는 애들이 없는 낯선 스터디 카페를 찾았다.

지하철 출구로 나오자, 가을비가 주룩주룩 내렸다. 잠시 우두커니 서 있는데 우산 하나가 다가와 내 앞에 마주 섰다.

현호였다.

"얼마나 더 한다고 거기까지 다니냐?"

현호는 괜히 툭툭대더니 우산을 내 쪽으로 슬쩍 기울였다.

"뭐야, 어떻게 알았어?"

"다 아는 수가 있지."

범인은 분명 나의 최측근을 자처한 보늬일 것이다. 아니, 어쩌면 솔채일지도. 현호가 솔채와 함께 우산 하나를 같이 쓰고 가던 장면이 눈앞에 아른거렸다. 갑자기 우산을 들고 서 있는 현호가 꼴 보기 싫어졌다.

"김보늬? 송솔채?"

"반은 맞고, 반은 틀림. 아까 광휘가 보늬 데리러 간다고 해서 스카 앞까지 따라갔는데, 오늘 넌 다른 스카 갔다고 해서 기다렸지."

범인은 보늬도 솔채도 아닌, 배광휘였다.

내 코가 석 자라 정신없이 사는 동안, 놀라운 일이 있었다. 보늬가 광휘에게 고백을 한 것이다. 이게 대체 무슨 일이냐며 따져 묻는 내게, 보늬는 시즌 투가 시작됐을 뿐이라며 평생 놀림거리가 될 한마디를 남겼다.

"고백 보험 바깥에서 내 진심을 찾았거든."

비는 그칠 기미가 보이지 않았다.

현호는 자신의 우산 안으로 들어오라며 손짓했다. 그 다정한 손짓 위로 마여준 선생님이 했던 말이 겹쳐 떠올랐다.

"그때의 나는 오르트 구름 너머로 날아가는 보이저 1호와 같았어. 어디에 도착할지 모른 채 미지의 세계로 향하는 나의 고백이, 불확실해서 더 신비롭고 더 자유롭다고 여겼으니까. 실제로 내 앞에서 민재가 떠났는데도, 내 고백은 아직 진행 중이라고 믿고 있었거든."

그땐 이해할 수 없었던 말이 이제야 가슴에 와닿았다. 나도 언젠가부터 신비롭고 자유로운 미지의 세계를 동경하게 되었다. 현호와 함께 날아갈 세계가 어떤 모습일지 기대된다.

우리의 간격은 또 어떻게 변할까? 서둘러 다가가기보다는, 조금 떨어진 곳에서 기다리고 싶어졌다.

나는 빙긋 웃으며 가방에서 삼단 우산을 꺼내 활짝 펼쳤다. 그러고는 현호와 적당히 떨어져 속도를 맞춰 걸었다.

평소랑 다르게 겉돌았던 대화도 집 앞에 다다르자 뚝 끊겼다. 이제 어쩌지, 하고 난감해하고 있는데 현호가 고장 난 로

봇처럼 어정쩡하게 제자리를 맴돌았다. 도무지 그냥 갈 생각
이 없어 보였다.

한참을 머뭇대던 현호가 갑자기 내 손에 작은 편지봉투를
쥐어 주고는 뒤도 돌아보지 않고 부리나케 달아나 버렸다.

조금 전까지 우산을 들고 폼 잡던 그 애는 어디로 간 걸
까. 어휴.

지온에게.

그 인터뷰를 보고 편지를 써야겠다고 생각했어. 그거, 너지? 내가 어떻게
널 못 알아볼 수 있겠어. 더 늦기 전에 네가 오해할 법한 아버지, 아니, 내 이
야기를 해 주고 싶었거든. 너도 알겠지만 아버지는 엄마와 나를 힘들게 했어.

나도 크면 아버지처럼 술에 취해서 가족을 힘들게 하지 않을까, 하는 의심
을 지울 수 없어서 숨이 막혔지. 그래서 나도 모르게 진심을 숨기고 감정을 억
누르는 법부터 배웠는지 몰라. 그렇게 겨우 적응했는데 그 균형을 깨트린 사
람을 만난 거야.

저번에 네가 개인기랍시고 와플 하나를 통째로 입안에 넣었잖아. 기억하
지? 솔직히 보기 좀 그랬어. 먹는 거로 장난치는 것 같기도 했고. 그래서 내가
짜증을 부렸잖아. 기껏 만들어 줬는데 보기 싫게 좀 먹지 말라고,

그때 문득 유리창에 비친 날 봤는데, 거기에 멍청이 하나가 헤벌쭉 웃고 있

더라. 분명 너한테 짜증 내고 있었는데, 내 얼굴은 웃고 있더라니까? 그때 알았어. 내가 너를 좋아하고 있구나. 내가 좋아하는 사람을 볼 때는 이런 표정이구나.

근데 그거 알아? 그날 밤에 한숨도 못 잤어. 무서웠거든. 나도 몰랐던 내가 네 앞에 튀어나올까 봐. 그래서 널 피해 다녔어. 그래, 나도 알아. 갑자기 거리를 두는 날 보고 네가 얼마나 황당해했을지.

그러다가 누가 고백 보험으로 너한테 고백했다는 얘길 들었어. 영우 알지? 너랑 같은 학원 다니는 애. 걔 우리 반이거든. 교실에서 네 얘기를 멈추지 않았어. 네가 받아 줄 때까지 할 거라고. 그날부터 내 속이 얼마나 끓었는지 알아? 나도 고백하기로 마음을 먹었지. 그런데 용기가 안 나더라고. 결국 고백 보험에 가입했어. 그래, 그거 나 맞아. 당근스타.

어렸을 때 기억나? 네가 김밥에서 당근만 골라내다가 이모한테 된통 혼나고 운 뒤로, 내가 네 당근 다 먹어 줬잖아. 내가 생각해도 좀 성의 없긴 해. 그래서인지 내가 보낸 고백 초대장은 싹 무시하더라? 처음엔 서운했는데, 나중에는 차라리 잘됐다고 생각했어. 결과적으로 내 마음을 들키지 않은 거니까.

내가 그런 질투를 할 줄 몰랐어. 그래서 더 두려웠지. 스윙바이 관둔 이유가 입시 때문이라는 말도 거짓말이었어. 눈앞에 네가 안 보이면 너를 향한 감정도 차츰 사라질 줄 알았거든. 그러다가 나한테 고백 초대장을 보내는 사람이 너라는 걸 깨달았어. 무섭고 화가 났어. 내가 널 그런 수렁에 빠지게 만든 건 아닐까, 하고 자책했지.

야간 관측도 그래서 따라간 거야. 이럴 줄 알았으면 동아리 탈퇴 같은 무리수는 두지 않는 거였는데, 모양새가 좀 이상해지긴 했지. 그래도 더 늦기 전에 내 진심을 전하고 싶었어. 창피하지만 난 붉은 달의 마녀 전설을 반쯤 믿었거든. 그런데 하필 그날 일이 생기는 바람에……

아, 솔채랑 나 사이는 오해하지 마. 솔채가 너랑 화해하고 싶다길래 내가 아는 남지온이 어떤 사람인지 화해 팁을 준 것뿐이야. 근데 서로 잘 풀었어? 안 그래도 궁금했는데 요즘 많이 가까워진 것 같더라.

이제 내 차례야. 남지온, 늦었지만 미안해. 이유도 말하지 않고, 널 피해 다녔던 거. 그게 우리 둘의 최선이라고 멋대로 판단해서 널 속상하게 만든 거. 앞으로는 숨지 않고, 내 마음을 그대로 너에게 보여 주려고. 오늘처럼.

현호가.

P.S. 그리고 나의 허접한 고백 어쩌고 하는, 이상한 책은 잘 읽었어. 취향은 존중할게. 근데 진짜 허접하더라.ㅋㅋ

휴. 참 오래 걸렸다, 도현호.

불그스름한 해 질 녘의 공기가 뺨에 닿았다. 초겨울치고 제법 쌀쌀한 기온 때문에 몸이 으슬으슬 떨렸다.

건널목 앞에서 신호를 기다리는데 몇 걸음 옆에 선 남자가 괜히 신경 쓰였다. 시커멓고 메마른 피부에 날씨와 맞지 않은 얇은 점퍼를 입고 있어서 자꾸 눈길이 갔다.

"어디서 본 적이 있나?"

신호가 바뀌고 건널목을 건너 오른쪽으로 꺾는데 그 남자도 내 뒤를 따라 걸었다. 일부러 편의점에 들어가 물 한 병을 사서 나왔다. 다행히 날 따라오는 게 아니었는지 더는 보이지 않았다.

그 남자를 다시 마주친 건 유랑 근처에서였다. 남자는 현호와 마주 보고 서 있었다. 잔뜩 굳은 현호의 얼굴을 보고서야 남자가 누군지 짐작할 수 있었다. 그러고 보니 두 사람의 오뚝한 코와 도톰한 입술이 닮아 보였다.

어쩐지 불안한 생각이 스쳤다. 담벼락에 딱 붙어 두 사람을 지켜보는데 휴대폰을 쥔 손에 힘이 들어갔다. 여차하면 112에 신고할 생각이었다.

"왜 오셨어요?"

현호의 목소리가 낮게 떨렸다.

"학교는 잘 다니고 있냐? 소문이 험하게 퍼졌던데."

남자는 현호의 소식을 알고 있었다. 하긴 온 동네가 현호 얘기로 시끄러웠는데 모르기가 더 어려웠을 것이다.

"알아서 할 테니 신경 쓰지 마세요."

현호의 날카로운 말투에 남자가 인상을 찌푸렸다. 나는 침을 꿀꺽 삼켰다. '어디 한 번 고함이라도 질러 보라지.' 하고 조심스럽게 발밑에 떨어진 돌멩이를 주워들었다.

"별일 없으면 됐다."

하지만 예상외로 건조한 목소리가 이어졌다. 남자는 그 한마디를 던지듯 남기고 돌아섰다. 허무할 정도로 담담한 뒷모습이었다. 현호는 한동안 그 자리에 굳은 듯 서서 하늘을 멍하니 올려다보았다.

잠시 후 현호가 몸을 돌렸다. 아차 싶었다. 나와 눈이 마주쳤기 때문이다. 몰래 보고 있었다는 걸 알아 버렸으니 현호가 싫어할 게 뻔했다.

"여보세요? 어? 어!"

없는 것만도 못한 순발력이다. 그냥 사라지고 싶었다. 자연스러운 척 세상 어색한 내 모습을 보고 현호는 무슨 생각을 했을까.

"뭐 하냐? 돌은 왜 귀에 갖다 대고 있어."

아, 흑역사 하나 추가요.

"와플 만들어 줄게. 먹고 가."

현호가 피식 웃으며 앞장섰다.

이 와중에 와플을 만들어 준다니까 아무 대꾸도 못 하고 졸졸 따라가는 나란 인간은 뭘까. 이 정도면 내가 아니라 와플이 문제일지도 모른다.

유랑에서 우리는 창가 앞 바 테이블에 나란히 앉아, 갓 구운 와플을 앞에 두고 있었다. 아까와 달리 현호의 숨소리가 한결 편안하게 들렸다. 왜 그런 소리는 내 귓가에 증폭되어서 들리는지 모르겠다.

"하나도 안 닮았더라."

나도 모르게 그런 말이 툭 튀어나왔다.

"응?"

"난 또 붕어빵처럼 닮은 줄. 넌 이모 판박이거든?"

나는 다섯 손가락을 하나씩 접으며 말을 이었다.

"웃을 때 반달눈 되는 거, 손가락이랑 발가락 다 길쭉한 거, 목뒤에 점 있는 거, 은근히 승부욕 강한 거, 좋아하면서 아닌 척하는 거, 일단 참고 보는 거. 그리고 또……. 백 개도 더 댈 수 있어."

곁눈질로 슬쩍 유랑 이모를 보았다. 이모가 현호와 똑 닮은 반달눈으로 싱긋 웃어 보였다.

"그리고 열 개를 닮았든 백 개를 닮았든, 넌 너희 부모님과 다른 사람이야. 알지?"

현호가 머그잔 손잡이를 만지작거리다가 한 모금 들이켰다. 그러고는 결심이라도 한 것처럼 단어 하나하나를 꾹꾹 눌러 말했다.

"네 말이 맞아. 우리 아버지라면 절대 별 같은 건 좋아할 리 없거든. 나는 나대로 살아가면 되는 거였어. 이제 털어내 보려고."

그러고는 조용히 덧붙였다.

"근데 있잖아. 냄새가 안 났어. 아직도 기억하는 그 지독한 술 냄새가. 다행이야."

현호의 목소리에는 지금까지 느낀 적 없는 어떤 후련함이 담겨 있었다. 왠지 우리가 그동안 넘기 버거웠던 열일곱의 한 때를 비로소 넘어선 기분이 들었다.

현호의 오른쪽 손목 옆으로, 내 왼쪽 손목을 옮겼다.

"너랑 나, 너무 오래 묶어 두었다. 그렇지?"

오른손으로 가위 모양을 만들어 나란히 놓인 손목과 손목 사이에 갖다 댔다.

그리고……, 싹둑.

어렸을 때 물고기자리 아래에서 묶어 둔, 우리 사이의 보이지 않는 끈을 마침내 잘라냈다. 나는 현호를 향해 홀가분해진 얼굴로 미소를 지어 보였다.

그때 현호가 긴 손가락을 펼쳐 내 손 위에 가만히 포갰다. 붙잡으려는 힘도, 놓아 버리려는 망설임도 없는 손이었다. 나는 그 온기를 느끼며 천천히 숨을 내쉬었다.

미리 겁먹을 필요는 없다. 정해진 결말도, 나를 지켜줄 안전한 보험도 없다. 지금 내 손등 위에 머무는 이 온기를 믿는 것만으로도 충분하다. 눈앞에 펼쳐진 미지의 세계가 눈부시게 일렁였다.

서툴렀기 때문에 빛났던 시절이 있었다

제가 지나쳤던 지난 인연들을 돌이켜보면, 그때의 전 모든 게 서툴렀습니다. 감정을 표현하는 방법도, 이별을 맞이하는 방법도, 서로의 자유를 존중하는 방법도 어설펐습니다. 내 뜻대로 흘러가지 않는 상황에 초조했고, 실패가 두려웠습니다. 이런 저와 닮은 지온도 약점을 감추고 실패가 두려워서 고백 보험에 가입합니다. 그러나 고백 보험이라는 도구는 오히려 진심을 전하는 대신, 나와 상대방과의 '겉으로 보기 좋은 결과'만 만들어 낼 뿐입니다. 결국 상대방의 마음을 갖고 싶다는 욕망만 부추기게 되지요.

타인의 마음을 가진다는 건 무슨 의미일까요? 주고받을 수 있다고 한들 마음의 크기가 결코 같을 수 없고, 내 마음조차 매 순간 흔들리고 바뀌는데. 정성을 다해도 돌아오지 않는 마음 또한 존재할 것입니다. 결국 우리는 타인의 마음을 소유하는 것이 아니라 그 마음을 존중하는 법을 배워야 합니다. 감정을 '소유'로 오해하고 거절을 '배신'으로 받아들이는 순간, 사랑은 서로를 억누르는 수단이 될 뿐입니다. 사랑을 시작할 자유도, 사랑을 끝낼 자유도 모두 존중받아야 합니다. 비록 그 과정이 내 뜻대로 흘러가지 않거나 그 끝이 실패처럼 보여도 괜찮습니다. 정말 괜찮습니다.

서툴렀던 만큼, 그 시절은 빛날 것입니다. 지금 이 순간에
도 서툰 마음을 쥐고 갈팡질팡하는 모든 분께 전합니다. 지
온처럼 용기 내어 멈출 수 있기를, 보늬처럼 자신의 마음에 귀
기울여 아니라고 말할 수 있기를, 솔채처럼 사랑하는 친구를
다시 잃지 말기를, 광휘처럼 상대를 존중하는 법을 깨닫고성
장할 수 있기를, 현호처럼 자신 그대로를 믿고 더 나아가기
를. 그리고 사랑에 빠진 모든 순간을 기억하기 바랍니다.

'고백 보험'이라는 빛나는 아이디어를 들고 저를 찾아와
준 이동익 편집자님께 고마운 마음을 전합니다. 이 이야기를
쓰는 동안 묵묵히 보폭을 맞춰 함께 걸어 주신 나의 스승님,

한정영 작가님과 언제나 큰 힘이 되어 주는 글벗들에게 커다
란 존경과 사랑을 전합니다. 가장 큰 지지와 배려를 보내 주
는 가족 덕분에 오늘도 쓸 수 있었습니다. 사랑합니다. 끝까
지 읽어 주신 모든 독자님께 진심으로 감사드립니다.

봄을 기다리며
고수진

고백 보험을 해지합니다 고수진

초판 1쇄 펴낸날 2026년 2월 25일
펴낸이 김병오 **편집장** 이향 **편집** 이동익 김유진
디자인 정상철 **마케팅** 오상욱 **경영지원** 이선영
펴낸곳 (주)킨더랜드 **등록** 제2016-000010호
주소 경기도 파주시 회동길 512 B동 3F
전화 031-919-2734 **팩스** 031-919-2735
ISBN 979-11-7082-163-2 43810
제조자 (주)킨더랜드 **제조국** 대한민국 **사용연령** 8세 이상